おばあちゃんの回想録

改訂普及版

木槿《むくげ》の国の学校

日本統治下の朝鮮の小学校教師として

上野瓏子

榮山《えいざん》浦《ぽ》南《みなみ》小学校　朝鮮人の子女を対象とした小学校

（在任期間：昭和 14 年 10 月〜昭和 19 年 4 月）

〈校舎〉職員室、校長室、玄関（明り取り屋根の建物）を中心に右手に 3 年以上の男子教室が続く。左手には渡り廊下（低い屋根）、1･2 年男子教室、女子教室と続き、左端に校長官舎がある

西見（旧姓）瓏子
（昭和 14 年　19 歳の時）

校旗

羅州郡女教員講習会　昭和 17 年 11 月　※前列には、視学や校長

榮山浦南小学校の職員　昭和 17 年３月　前列左から２番目—瓏子

榮山浦南小学校の４年女子組 40 名の子どもたち　昭和 17 年３月

栄山浦南小学校の仲良しグループの子どもたち

左から

朴 圭任
徐 鎮寿
金 順玉
金 達順

左から

金 仁任
金 少礼
金 順玉
朴 貴礼

他クラスの
児童

榮山浦南小学校での行事

航空デー（5，6年男子による模型飛行機を飛ばして競う会）
昭和18年10月

紀元2600年の祝典での祝賀餅づくり

月見《つきみ》小学校　日本人の子女を対象とした小学校

（在任期間：昭和 19 年 5 月～昭和 20 年 8 月）

満開の桜に包まれた月見小学校正門

全校朝礼の様子

月見小学校の職員と卒業生
昭和 19 年 3 月　前列左から 2 番目―瓏子、前列中央―心石警察署長

月見小学校で担任した 3 年生の子どもたちと
月見小学校　昭和 20 年 8 月

猛暑にもめげず咲き継ぐ白木槿朝鮮の花思い出の花

瓏子

まえがき

今年（平成二八年）、母上野瓏子《ろうこ》は九十六歳になりました。七年前に脳出血で倒れ、左半身が不自由となり、施設に入居し、車椅子での生活を送っていますが、今も読書や短歌を詠むことを趣味としています。とりわけ歴史物は大好きです。

また、昔の若かった頃の記憶は鮮明で、日本統治下の朝鮮で教師をしていた頃のことや終戦による引き揚げのことなど、人名やその時々に交わした会話まで実に細かく憶えています。

開戦から敗戦、そして引き揚げといった昭和の激動期を生きた日本人も、高齢化が進み、その頃を証言できる人が年々少なくなっています。母もかなり高齢ですが、まだ十分に話せるこの機に、当時を生きた一人として、その貴重な体験を記録として残しておくことは何より大切であると考えました。事実を後世に伝え、客観的に検証していく上での手がかりの一つになるはずです。

母の戦中、戦後における体験は、特別に悲惨なものではありません。戦時中、朝鮮にいたため、戦争末期連日のように空襲を受けた内地の人たちに比べれば、平穏に時を過ごした方かもしれません。戦地はもとよりソ連との国境近くにいた満州開拓団や、朝鮮北部に住んでいた人たちの引き揚げなどに見られるように過酷な体験をした人は大勢います。

全米で反響を呼び、平成二十五年に邦訳された『竹林はるか遠く　～日本人少女ヨーコの戦争体験記～』(「So Far from The Bamboo Grove」ヨーコ・カワシマ・ワトキンズ著)に記されているように、命を賭した朝鮮北部からの母親と娘たちの逃避行は、壮絶そのものです。

わが家においては、むしろ戦争末期の無謀とも云われたビルマ(現ミャンマー)のコヒマ・インパール作戦に従軍し、飢えとマラリアによって生死の境をさまよった父の体験の方が鮮烈です。記録として残せば、その価値は大きかったと思われます。しかし、すでに父は他界し、全貌について聞き取りをする術はありません。

今回、刊行した「木槿の国の学校」は、青春期を回想した母の記録です。日本統治下の朝鮮の学校教育という制度の中に身を置き、子どもたちと関わりながら、戦中、戦後の激動期を気丈に生きた一人の女性教師としての足跡です。そして、その中から朝鮮統治のありのままの姿が見えてくるはずです。

戦後七十一年が経過しました。これから先当時を知る人はほとんどいなくなります。

この度、母の体験を聞き取り回想録として編集を進めていく上で、何より役立ったのが、母がこれまで大事に保管していた祖父の日記です。当時の社会状況を冷静に見つめた貴重な資料となりました。「遅いけれど、まだ間に合う」そう自分に言い聞かせて、母から当時のことを聞き取り、それらを時間軸に沿って繋ぎ合わせ、回想録としてまとめました。

当時日本人と朝鮮人とはどのような関係にあったのか。朝鮮での学校の様子はどうであったのか。四十年間の朝鮮統治は国益にかなったものであったのか。それは両国に一体何をもたらしたのか。

関連する文献にも目を通していく中で、これらの疑問が、少しずつ解けていくと共に、日本の歴史の一部が見えてきました。

なお、本文は、母の回想、祖父の日記、参考文献による関連資料、そして編纂者注とによって構成しています。文中では関係者への配慮から仮名による表記を用いていることをご了承ください。

平成二十八年七月　編者　上野　幹久

目次

第二章　窮乏生活

第三章　榮山浦南小学校

第四章　月見小学校 —— 147

プロローグ

平成七年、私が夫を亡くし、憔悴《しょうすい》している時に、かつて日本による朝鮮統治時代、現地の小学校で同僚だった日本の友人たちの思い立ちにより、再び羅州（韓国［全羅南道］）の小学校を訪ねる機会を得ることができました。

およそ二十年前、私が七十五歳の頃のことです。訪問者は、当時榮山浦《えいざんぽ》南小学校（朝鮮）の同僚で、同じ福岡県に住む東原先生、森崎先生、そして私の三人です。訪問先は、かつて勤務していた小学校を始めとする三校。案内役は東原先生の知人で、朝鮮の師範学校の先生だった裵錫倫《ハイシャクリン》先生です。大相撲が大好きな日本通です。また、東原先生の朝鮮での教え子の息子さんが経営する会社より、運転手付きの黒塗りの車を提供していただきました。

当日は、土曜日で午後は放課となっていましたが、学校の計らいにより一クラスだけ午後も子どもたちを残して、授業を参観させていただきました。一人一人がパソコンを駆使しながらの授業で、日本の学校よりずいぶん進んだ教育がなされているように見えました。特に感心したのは、廊下で子どもたちが校長先生とすれ違うとき立ち止まり、会釈をしている姿が見られたことです。現在の日本では考えられないことです。統治時代の日本の教育を土台に、国家としての将来を見据えながら発展している姿に目を見張ったものです。

その後、校長室で私たち三人からの寄付として十万円を校長先生にお渡しし、当校の発展を祈りました。翌年、裵錫倫先生を日本に招き、九州各地を案内しました。

それから二十年経った今、韓国では反日ムードが高まり、日韓関係が冷え込んでいることは、とても残念なことです。かつての列強諸国《れっきょうしょこく》による植民地化のうねりの中での日本による朝鮮統治、公教育としての日本語の指導など、やむをえない選択だったのかどうか、それは私にはよくわかりませんが、日本は世界の大きな渦の中にあったことは否めない事実です。大戦をはさんだ歴史の大きな節目の時期に、学校という一つ屋根の下で知り合った朝鮮人の先生方と一緒に同じ教師として子どもたちの幸せを願い、共に教育のあるべき姿を求めて汗を流した若かりし頃の体験は、私にとっては人生の宝です。そうした先生方との思い出、そして、日本各地に散って行った子どもたちとの絆など、私の人生に色濃く刻み込まれています。

子どもたちの声が溢れていた校舎、そして、民家の周りに咲く白い木槿の花が、朝鮮で過ごした青春の思い出として今でも私の心の中で夏日を浴びて揺れています。

第一章　朝鮮半島に渡った父

運命の岐路

私の実家の西見家は、筑後の豪族草野氏が広大な荘園を持っていた中世の頃から厚遇され、江戸時代の頃からは、浮羽（福岡県）の地で代々地主という立場にありました。

西見家の男たちが、日露戦争から朝鮮半島を通って引き揚げる途中に朝鮮の土地を見て、この地で営農することを思いついたようです。そこで、土地購入資金を懐に三人で朝鮮へ渡り、二百七町歩（一町はおよそ一ヘクタール）の土地を購入し、小作人（地主に土地を借りて営農し、小作料を支払う農民）に農耕を依頼し、上納米を得ることを生業の一つとして考えました。昔の大名や廃藩置県で禄（収入）を失った士族たちもまた、日韓併合後、朝鮮に目を向けたようです。

これらの朝鮮の土地を管理する予定になっていたのは父の従兄《いとこ》の仲次郎《ちゅうじろう》でした。ところが、急に兵役に就くことになってしまい、その後を父の一番上の兄である伯父の

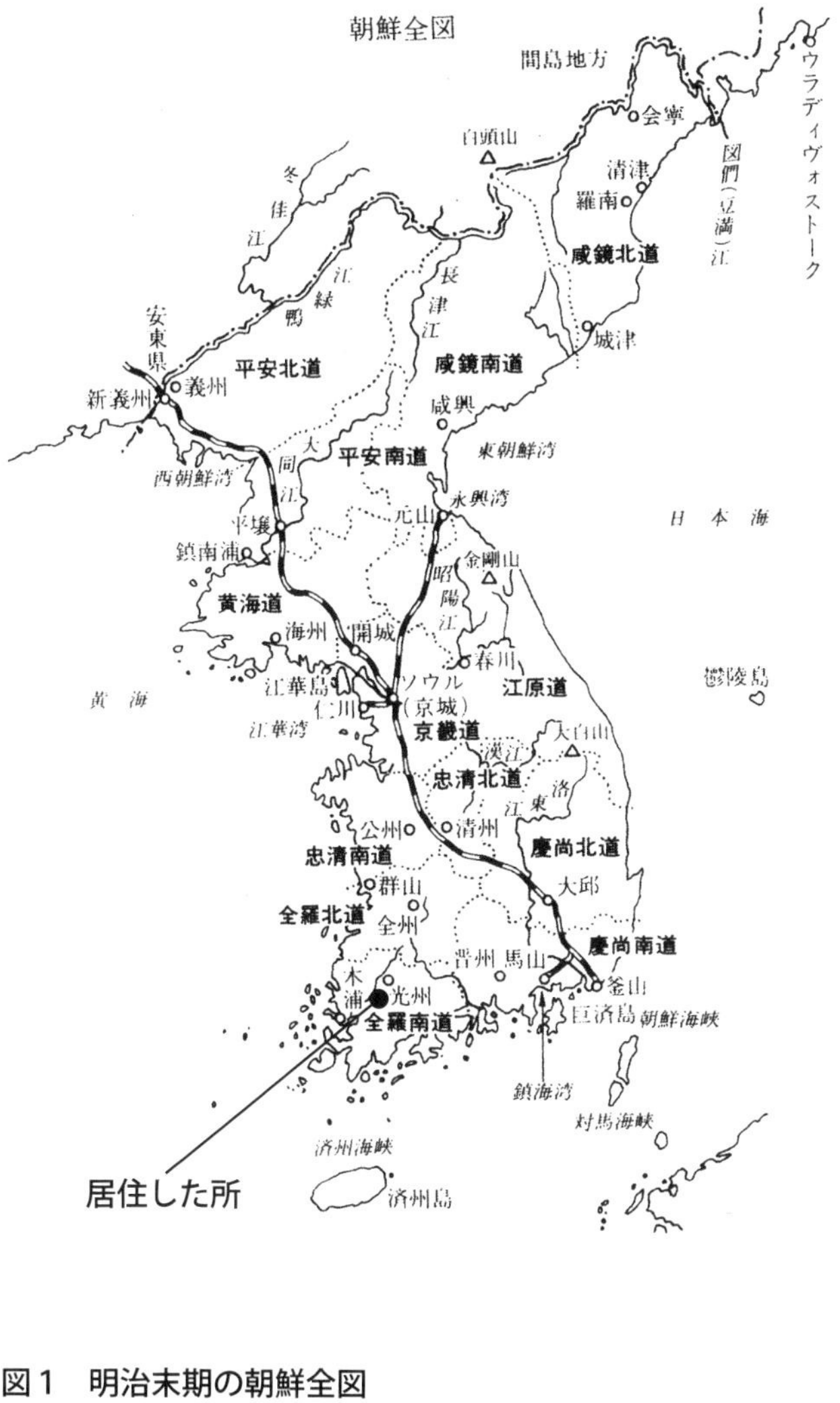

図１　明治末期の朝鮮全図

荒太《あらた》が引き継ぐことになりました。

　丁度その頃、父省三《しょうぞう》は早稲田大学（大学予科・入学年齢十七歳）への入学が決まったところでした。荒太伯父の同郷の親友菊竹六鼓氏が、当時福岡日日新聞（現西日本新聞）の主筆を務めていたこともあり、大学卒業後は、当新聞社に入社という道筋を描いていたようです。

　その伯父から突然、

「お前も、東京に行くのだったら、朝鮮に渡るようなこともなかろう。その前に俺に付いてきて朝鮮を見ておかないか」

と言われました。明治の終わりの頃のことです。その誘いが、私たち一家にとっての、不運の始まりとなったといえるのかもしれません。

　朝鮮半島の南西部にある木浦《もっぽ》から上陸した二人は、昔買い集めた土地の管理事務所に向かいました。事務所の横の住まいに数日間滞在した後、明日は日本に帰るという最後の晩に悲劇が起こります。

　夜、ランプの下で父は書の稽古を、伯父は読書をしていました。その時、銃声が響き渡りました。その音に、瞬間顔を上げると、伯父のこめかみから血が噴き出していました。父は、顔を上げたことで運よく弾丸が逸れたようです。伯父の読みかけの頼《らい》山陽《さんよう》の「日本外史」は鮮血《せんけつ》で染まっていました。すぐにランプの灯を消すと、父は裏口から抜け出し、裏山に駆け上りました。家の方からは、暴徒たちの勝ち誇ったような歓喜の声が聞こえてきました。そこから、闇の中を警察が置かれている場所を目指して逃げました。

後に、狙撃したのは、朝鮮の資産家や日本人の家を狙い、人命を奪ったり、金銭や財産を略奪《りゃくだつ》したりする李王朝末期の元朝鮮兵の犯行によるものであることを知らされました。彼らは、障子《しょうじ》に穴をあけ、父たちに銃口を向けていた模様です。

伯父が亡くなった時に読んでいた「日本外史」をその後見せてもらったことがありますが、黒々とした血糊が付いていていました。

伯父亡き後、朝鮮の土地管理を誰がするか。父方である西見家の親族一同が集まり、協議しました。父の兄である伯父の一人は医者を開業しており、もう一人の伯父は医者を開業しようとした矢先、患者のチフスが伝染し亡くなったばかりでした。このような状況下、結論として出されたのは、末っ子である父に土地管理を委ねるというものでした。こうして父の勉学への道は閉ざされることになりました。
ただし、この時父は本家への「仮養子」という特異な名義でした。実はこのことが後に父の立場を不安定なものにしていったのです。

〈参考資料〉
＊「韓国併合条約」とは
一九一〇年（明治四三）八月、漢城（ソウル）の韓国総督府で寺内正毅《まさたけ》統監と李完用首相により韓国併合に関する条約が極秘裏に調印された。伊藤博文が韓国統監から枢密院議長に転じた直後の前年七月、日本政府は適当の時期に韓国を併合する方針を閣議決定。この年五月第二回日露協約の交渉が終わると、併合工作は一挙に進んだ。同月三十日、併合に消極的だった曾禰《そね》荒助《あらすけ》統監が更迭され、寺内正毅陸相が統監を兼任した。六月には韓

国警察事務委託日韓覚書の調印により、韓国の警察権を全面的に掌握。明石元二郎韓国駐箚憲兵司令官御統括下において、軍部が要求していた憲兵警察体制を実現させ、併合反対運動に備えた。

韓国併合条約は八ケ条からなり、前文では日韓相互の幸福を増進し、東洋の平和を永久に確保するための併合であるとうたい、本文では韓国皇帝は韓国全部に関する一切の統治権を完全かつ永久に日本国皇帝に譲与し、日本国皇帝がそれを受諾、併合を承諾したとしている。しかし、実際には軍事力が背景にあったことも事実である。

二十九日には、併合に関する詔書と韓国王室を皇族の礼を持って遇する詔書が下り、条約が交付されて即日施行となる。

韓国併合によって、一三九二年から続いた李王朝は滅亡し、二九日に韓国の国号は朝鮮に改められる。朝鮮総督府が置かれ、寺内正毅が初代総督に就任。武断的な統治が開始される。（注1）

朝鮮での父の功績

このような経過から、父は明治四二年、朝鮮の南西部にある全羅南道羅州郡《ぜんらなんどうらしゅうぐん》の洞《どう》江面《こうめん》に渡り、「西見農園」主任としての営農生活に入ります。

全羅南道は、古代において日本との交流が深かった百済《くだら》があったところです。戦後、韓国の大統領になった金大中氏の出身地であり、光州事件の舞台となったところでもあります。

（**編者注**：後百済を滅ぼした高麗の王建［太祖］が全羅道からの人材登用を厳しく戒めたことによって、地域間の差別意識が培われ今日も引き継がれているといわれる。光州事件は、一九八〇年、学生、市民が政府に対し民主化を求め暴動を起こした事件）

ところで、日本が朝鮮を統治していた時代、南部は農業が主で、北部は工業が盛んでした。これは、気候や風土によるもののようです。朝鮮の農業は米作が中心となっていますが、父は雨の少ない朝鮮の気候には、綿花の栽培が適しているのではないかと考え、内地（日本本土）の試験場より綿花の種を取り寄せています。さらに、自ら栽培法《さいばい》を学び、当地の人々に種子を分け与え、栽培法を教え、地域の特産物として生産に励んだことから、地域の人々の所得は大幅に伸びたということです。

また、空いている土地には、日本から様々な果樹の苗木を取り寄せて植樹し、実った果物を地域の子どもたちに自由に食べさせていました。

このような生活の中、大正二年に父は結婚。親類縁者の勧めにより、同じ郷里の福富村（現在の福岡県うきは市）の地主であった浅田家から母となるユキが嫁いできました。元々の姓は古賀でしたが、当時全国的に流行ったスペイン風邪で男兄弟が亡くなり、浅田家より養子をもらいました。しかし、養子は古賀を名乗らず、浅田の姓を使っていました。

この地における父の営農生活で、幼い私の心に残る印象的な出来事があります。父は、洞江面において毎年一回小作人総会を催していました。

その中では表彰式を行い、賞品の準備もしていました。立派なコメを育てたか、上納米が納められているかといったことが、表彰の上での評価の観点になっていたようです。一等は、黒牛一頭。さらに、二等、三等……と賞品が準備されていました。鋤《すき》や鍬《くわ》、田おこしの機具など、農耕に用いる物が多かったようです。それらをもらってうれしそうに帰って行く人たちの姿が印象に残っています。耕作への意欲を高めるための父なりのアイディアだったのでしょう。

そして、総会が終わると、盛大な宴会を開き、たくさんのお酒とご馳走をふるまっていました。父が提供した米をもとに男たちが大量の酒を造っていました。おかみさんたちは、この日のために漬けていたキムチを準備しました。また、わが家には高床式の大きな鶏小屋があって、たくさんの鶏を飼っており、この日の料理となりました。鶏を飼うのは、母の仕事でした。さらに豚肉も大量に準備されました。デザートは、父が村のあちこちに植えた果樹に実った果物を採って来て準備しました。飲み放題、食べ放題です。

この催しには、小作人のみならず、近くに住む村人たちがたくさん集まり、村一番のお祭りとなっていました。

幼い私は、そんな村の人たちの楽しんでいる様子を窓から眺めていました。何事にも気前がよく、世話好きな父でした。

　また、一方では夜塾《よじゅく》を開き、農業、日本語、数学を地域の人々に教えていました。ときには、当地の人たちの結婚の仲人もしています。そのようなときは、自ら民族衣装に身をつつんで式に出席していました。ひたむきともいえるこのような地域への貢献に対し、地元民の信望と感謝の気持ちが、地元農民（小作）の有志による父に対する記念碑《ひ》の建立となったのです。建立にあたっては、父も相当辞退したらしいのですが……。

　昭和三年、父三十八歳の時に洞江面に、不忘碑（頌徳《しょうとく》碑）を建立してもらっています。（**写真1** ※三年後に撮った写真。碑には、父の名と共に直接は関係のなかった本家の伯父の名も刻まれています。本家に対する気兼ねから加えたものでした）

　父は、農業振興への貢献が認められ、日本農会総裁梨本宮《なしもとのみや》殿下から表彰されています。道（県）からは一人の受章でした。

（**編者注**：当時刊行された、『全羅南道事情録』の人名録には、次のように記されています。※文章の一部を現代表記に訂正）

写真１　地元民によって建立された不忘碑（頌徳碑）
左─父、右─洞江小学校宮田校長（鹿児島出身）

「西見　省三（洞江面月良里）

明治二四年、福岡県浮羽郡福富村に生まれる。

明治四一年一月、朝鮮に渡る。明治三九年五月に創業の西見農園の主任として農場経営に従事する。

当時朝鮮における営農者は、そのほとんどが都会地に居住し、賃金的なるを痛嘆し、実地に指導し、衆民に範を示すにしかずと遂に固き決意を持って青春時代に都会生活を避け、一意農事の改良、地方農村の風紀の改善、衛生等に専念する。

明治四三年、早くも優良小作人の表彰を行い、大正元年舎音制度（※制度の内容不明）の悪弊多きを認め、これを廃し、組合組織に変更したるがごとき、当時としては非常の努力を要し、農事改良行事を実行し、道の勧農方針に基づき、さらに一段の改善を加えた結果、事績大いに上がる。

小作人並びに近在にある農民においては、二〇有余年克己よく指導してきた氏の温情を慈父のごとく思慕し、ついに小作人並びに地方農民の発起をもって、氏の固辞するを聞かずに、昭和三年一二月、その功労を永久に記念すべく、不忘碑を建立し、頌徳に報いたのである。

氏は、また地方公共事業については、献身的努力をいたし、現に羅州地主会評議員、潘南金融組合評議員、月良青年会長等の公職を歴任、大正一〇年一〇月一〇日、日本農会総裁・梨本宮殿下より、農事篤行者として表彰される」

〈参考資料〉

＊日本人の朝鮮での農地取得は

農地の管理運営事業として、一九〇八年に日本と旧韓国両国政府の共同出資により、東洋拓殖株式会社が創立され、旧韓国からの国有地一万一千町に加え、民有地、国有地の買収及び開墾により七万三千町とし、一部の農地を日本人移住者に売却し、残りの農地を朝鮮人の小作人に農耕させた(小作料は、朝鮮人地主より安かったといわれる)。東洋拓殖㈱は、日本人の小作人の移住斡旋を図っているが、仲介した六千戸の農家のうちに定住したのは、約三九〇〇戸。定住が余り進まなかった理由は、日本人向けの土地価格が高く設定されていたためである。以後、移住斡旋業を廃止している。

東洋拓殖㈱の持っていた七万三千町（一九二一年）は、朝鮮の全農地の二%、朝鮮総督府が旧韓国政府から受け継いだ国有地と合わせても二〇万町足らずで、全農地の四%強である。日本による統治下で開墾された農地は二二万町にあたり、これよりも多い。東洋拓殖㈱では、収益の中から貯水池をつくったり、揚水機を設置したりして農地改良を行ったり、農業技術の研究開発など農業の発展に尽くしているが、小作料（租税）の不払いなどで運営は困難を極めている。

朝鮮総督府は、旧韓国政府から引き継いだ国有地は、従来からその土地で小作している農民に安く売却し、朝鮮人自作農の育成に取り組んでいる。尚、朝鮮人の土地所有率は九〇%であった。いずれにしても朝鮮人私有地については一坪も没収していない。（注2）

朝鮮で誕生した私

私は、大正九年に全羅南道羅州郡洞江面月良里《ぜんらなんどうらしゅうぐんどうこうめんげつりょうり》という所で、西見家の次女として誕生しました。

「瓏《ろう》子」と命名したのは父です。「玲瓏《れいろう》（※玉などが透き通って曇りのない様）」からとったもので、姉が「玲」で、私が「瓏」です。

ところで、朝鮮の住所の表記の仕方ですが、私たちが住む全羅南道の「道」は、日本でいえば県にあたり、道庁所在地は光州です。洞江面の「面」とは、村のことです。郡は、日本と同じ郡。「邑《ゆう》」は町、「里」は大字にあたります。

洞江面月良里《げつりょうり》は、辺鄙《へんぴ》な田舎の村でした。私たち家族以外に、近くに日本人は住んでいなかったので、遊び相手は皆朝鮮の子どもたちです。

幼い子どもたちにとって、絶好の遊び場となったのが墓地でした。朝鮮のお墓は、通称饅頭《まんじゅう》墓とよばれ、小高く土を盛ったお墓で、その一帯は芝生で覆われていて、素足で遊ぶことができました。

また、父が村の中に植えた果樹に実った果物をみんなで採って食べたのも楽しい思い出です。

地元の子どもたちとの交友が深かったせいか、朝鮮語を話すのは家族で一番うまかったそうです。むしろ日本語の方が苦手だったかもしれません。

ある時、父に連れられて列車に乗った時のことです。日頃乗ることのない二等列車でした（※当時列車には二等と三等の車両があり、二等は今でいえば、グリーン車にあたる）。料金は、三等車の二倍です。その列車で私と同年代の裁判所長官の娘さんから日本語で話しかけられたことがあったそうですが、母国語でありながらよく理解することができずに困っていたそうです。

日本語をしっかりと教えておかねばと思ったのでしょうか。父が手に入れた一年生の国語の教科書をもとに母から国語の指導をみっちりと受けました。「ハナ、ハト、マメ、マス……」で始まる教科書の文章を最後まで暗唱していました。最後の教材は「モモタロウ」ではなかったでしょうか。算数も、一〇未満の足し算、引き算を教えてくれました。その他、「汽笛一声新橋を……」で始まる鉄道唱歌や「桜井の決別（わかれ）」などの唱歌を教えてもらいました。

一方、父の記憶といえば、今でも中秋の名月を迎えると、目に浮かぶ姿があります。それは満月が顔を出す東の空に向かって最敬礼をしていたことです。東の方、つまり皇居のある内地の方角に天皇陛下がおられるというのです。父にとっては、西見の家系のルーツが崇徳上皇ということもあって、ことのほか天皇を深く敬っていました。海を越えた地で過ごしていたこともあり、その思いも一際強かったことだろうと思います。満月に向かっての父のこの恭《うやうや》しい儀式が、実に厳かに感じられたものです。

家族のことといえば、みんなで近くの山に茸《きのこ》採りに行ったことが忘れられません。その時、母が重箱にご馳走をたくさん詰めておいてくれました。よほど楽しかったのでしょう。懐かしく思い出されます。また、冬になると寒さが厳しいため、皆オンドル（冬季暖房）のある部屋に集まり過ごしていました。家屋は、内地から招いた日本人大工によって建てられていましたが、オンドルのある部屋を一部屋つくってもらっていたのです。

当時、現地には日本人も少ないことから、日本人だけが通う小学校はありませんでした。六歳からは、義務教育になっています。

そこで、入学前に、私に学校生活を体験させようと、朝鮮の子どもたちが通っている学校に近所の子どもたちと一緒に通ったことがありました。ところが、持って行ったお弁当を友だちに食べられてしまい、お腹《なか》をすかして帰ってきて、「もう学校には行かない」と泣きじゃくったといいます。お弁当のことで、学校で泣いたというのは憶えていませんが、教室で先生に「あなたのお父さんの名前は？」と尋ねられたことだけは、はっきりと記憶しています。

ところで、私たち一家が住んだ羅州は、昔都があったところで、広大な平野部にありました。主たる産業は、農業で、米作が盛んです。また、果物の産地としても有名で、リンゴ、梨、ナツメ、イチジクなどが特産物でした。これらの果樹園は、日本人が始めたようです。ただ、寒い気候のためミカンだけは栽培していませんでした。
（**編者注**：戦後果樹栽培は韓国の農家に引き継がれ、現在では梨の生産高は、韓国で最も多い）

〈参考資料〉

＊併合に対する抵抗運動

［義兵運動］

李朝末期、アジアで覇権を競った清・露・日の対決は、日露戦争の終焉を区切りとし、日本は李朝に改革を切に要請した。日本の場合、朝鮮の国家としての自主・独立の支援に懸命だったため、財政・軍事・司法・内政などの改革を迫り、無償の資金を提供したりしたが、一向に改革が進まず、日本に絶望感が広がっていった。

このことから日本の影響力が次第に強まり、朝鮮国内に「義兵運動」と

呼ばれる抵抗運動が現れる。形として現れたのは、「断髪令」（一八九五年・金弘集内閣）に対する反対運動（翌年）で、儒学者、軍人官吏などが中心であったが、敗戦により消滅。以後、「日韓保護条約」（一九〇五）の締結に反対して蜂起するが、政府軍に鎮圧される。一九〇七年の朝鮮軍軍隊の解散に伴う抵抗運動では六八〇〇名が蜂起するが、鎮圧され解散させられている。当時の義兵運動は、李朝の再生を願ったものであった。

第一次世界大戦に勝利した連合国のアメリカ大統領ウィルソンが発表した講和条約に各民族の運命はその民族自らが決定するという「民族自決主義」が入っていたことから、上海、米国に在留する朝鮮人により朝鮮統治に対する反対運動が起こっていく。（注3）

［三・一独立運動（三一運動）］

植民地期朝鮮最大の民族運動、反日独立運動。併合後の朝鮮では、総督府の武断統治に対する民衆の憤激が蓄積していた。加えてロシア革命とアメリカ大統領ウィルソン提唱の民族自決は新時代の到来を予感させ、一部在外朝鮮人は、パリ講和会議の独立を請願することを企てた。

一九一九年（大正八）一月高宗が死去。その死は日本人による毒殺との風聞を起こし、民族感情を刺激。二月、在日留学生が「二・八独立宣言書」を発表、独立を訴えた。朝鮮内でも天道教、キリスト教、仏教それぞれの教徒が示威決行で合意、学生も合流。そして、「民族代表」の名で「独立宣言書」を作成。内外に送付することとした。三月一日、代表はソウル市内の料理店で宣言書を朗読、警察に自首した。他方、市内のパゴダ公園に集まった民衆は、宣言書朗読後、「独立万歳」を唱える街頭デモを展開した（そのため万歳事件とよばれたこともある）。

運動は全国に波及、四〜五月を頂点に二〇〇万人が参加する全民族的な高揚を見せた。同時に非暴力形態のデモは、警察署、憲兵派出所などに対する襲撃に発展した。総督府と政府は、朝鮮内の憲兵・警察に加えて日本から軍隊を派遣し、これを鎮圧した。堤岩里事件は、その一例である。同年夏、運動は鎮圧されたが、抵抗に驚愕した当局は支配方針を変更。懐柔策を盛り込んだ「文化政治」を実施した。民族運動の側も大衆組織の結成と社会主義思想の浸透という新たな段階を迎えた。三・一独立運動は、現在朝鮮民主主義の原点の一つとなっている。（注４）

＊韓国の歴史（「日韓併合」前後）

一三九三年　国号が「朝鮮」となる。朝鮮王朝・李氏朝鮮と呼ばれる時代が始まる。
一八九七年　日清戦争で日本が勝利したことから、朝鮮の宗主国である清による体制の中から離脱し、国号を「大韓帝国」と改める。
一九〇〇年　ソウル・仁川間に朝鮮最初の鉄道開通。
一九〇四年　第一次日韓協約調印。日本、朝鮮駐劄軍司令部設置。
一九〇五年　アメリカとの協定により、韓国には日本、フィリピンにはアメリカが影響力を持つことを相互に認め合う。

一九〇九年 「日韓保護条約」により、韓国が日本の保護国となる。
ソウル—釜山間に鉄道開通。
伊藤博文、安重根にハルピン駅で暗殺される。
一九一〇年 「韓国併合に関する条約」により、日本に併合される。
国号を「朝鮮」に戻し、京城（現ソウル）に朝鮮総督府が
設置される。
憲兵警察制度発足。
一九一一年 朝鮮教育令公布。
一九二四年 京城帝国大学開校。
一九四五年 日本の敗戦により、朝鮮半島は連合国による管轄となる。
（北緯三八度線以北をソ連軍、以南をアメリカ軍が管轄）
一九四八年 国号を「大韓民国」と改める。

第二章　窮乏生活

内地の祖父母の許に預けられて

内地の小学校に通うために、私は母方の実家に預けられることになりました。なぜ母方かといえば、すでに二つ上の姉が、父方の本家に小学校就学のために預けられていたからです。二人も預けることに、親も気が引けたのでしょう。

母方の実家には、祖父母と叔父、叔母の四人が暮らしていました。しかし、祖母は後妻で、母にとっては継母《ままはは》でした。叔父も叔母も、母や私との血のつながりが薄かったことから、私には冷たく当たりました。

小学校一年生の頃から、板張りの雑巾《ぞうきん》がけは私の仕事でした。毎朝、川の水で雑巾を洗って拭《ふ》くのです。耳納《みのう》の山から流れてくる水は冷たく、冬場はその冷たさに泣いていました。

ある時、私が泣いているのを見た祖父が、訳を尋ねました。その訳を知った祖父が、叔母たちに、

「お前たちは、お湯で茶碗を洗っているのに、小さな娘になぜこんなことをさせるんだ」

と怒っていたことを思い出します。

また、きれいな着物をたくさん持参してその家に預けられていたのですが、いつの間にかほとんどなくなっていました。

ある時、近所の子が私の着物を着ているので不思議に思ったことがあります。おそらく酒が好きで、よく近所の家に入り浸っていた祖母がお礼として渡していたのではないかと想像します。

とにかく理由は思い出せませんが、よく私は祖母に叱られていました。

夕方、日が沈《しず》む頃になると、両親の住む朝鮮の地のある西の空に向かって、

「おっかしゃまー（おかあさーん）」

と、泣きながら叫んでいました。

祖父は私を可愛がってはくれましたが、村の有志であったことから外出することが多く、世話好きのため、家にはほとんどいませんでした。ただ、親せきや近所の人は

皆、温かく接してくれました。特に隣の家のおばさんは、

「ろう子さん、食べんの」

と言って、時々こっそりとおやつを持ってきてくれました。私のことをいつも気にかけてくれました。

親せきの人も、私が本好きということを知ってか、お使いで家を訪ねると、いつも絵本などを準備していてくれていました。そんな時は帰るのを忘れて本を読んでいたのを憶えています。母の実家には、残念ながら本は一冊もありませんでした。

母の実家は農家でしたが、坑木商《こうぼく》(※炭鉱の坑道などで使用する材木を取り扱う仕事)もしていました。しかし、叔父が事業に失敗して暮らしは決して豊かではありませんでした。その莫大な借入金は、父方の実家である西見の本家が支払ってやりました。所有していた耳納の山を切り売りして、お金をつくったという話を聞きました。

私は､母の実家の近くの福富小学校に通いました。一年生の時から男女共学でした。担任の先生には、大変可愛がっていただきました。ただ、入学前にすでに国語も算数も母に教えてもらっていたので、毎日の授業が退屈で仕方がありませんでした。教室

の後ろに行って、毬《まり》つきをして先生に注意を受けたことがありました。就学前に学ばせることの弊害を、身をもって体験したといえます。

二年生から四年生までの担任は、年配の女の先生でした。この三年間は、満足な授業をしてもらえず、学習への興味も意欲も減退していきました。

五、六年では、小倉師範学校を出られた中川正之先生に担任していただきました。それまで受けた指導とは大違いでした。子どもたちに優しく、しかも指導力のある優秀な先生でした。そのお蔭で成績も向上し、クラスで一番になりました。そのせいでしょうか、当時の男の子たちは、よく女の子をいじめていましたが、私には一目置いていたのか、意地悪をされた記憶はありません。

後に、教員になって、中川先生の指導法がとても参考になりました。また、教育は教師次第であるということを悟りました。

小学校卒業の時、六年間の皆勤賞と成績一等賞をもらいました。そして、私はクラスで一人だけ県立浮羽高等女学校へと進みました。

父の挫折

私の幼少期の頃までは、わが家は裕福な生活を送ることができました。しかし、その生活も徐々に暗雲が垂れ込めてきます。

不況や不作により、上納米が納められなくなるケースが増えたばかりでなく、父が朝鮮で管理していた資産である土地は、「仮養子」という父の置かれた立場から、本家の方へと移り、それに伴うように、わが家の生活は苦しくなっていきました。その原因は、本家の浪費生活と借金の保証人になったことなどによる大きな負債でした。財政的に苦しくなり、土地の整理、つまり切り売りを始めたのです。最初に目を付けたのが遠方にある朝鮮の土地、つまり父が管理する土地だったのです。また、本家に男児が誕生したこともさらにマイナスに影響していったように思われます。この時期、朝鮮人や日本人の土地ブローカーが出入りし、その対応に追われていたようです。そして、ついには持っていた土地全部を手放すことになってしまいました。

父は、このような厳しい環境の中で、たくましく生きて行けるような人ではありませんでした。良家の末っ子として可愛《かわい》がられて育ってきた生い立ちも影響していたのかもしれません。また、持病の喘息《ぜんそく》もありました。

父は気前がよく、風流を楽しむ人でしたから、経済にはやや疎《うと》い方であったのかもしれません。

後に、酒豪《しゅごう》として有名な歌人若山牧水《わかやまぼくすい》を招いて、全羅南道一の旅館に若山夫妻を逗留《とうりゅう》させ、長い間自由気ままな生活をさせていたといいます。翌年、牧水は亡くなりましたが、父のもとを訪ねて来た時に、お酒を飲み過ぎたせいではないかとふと思ったりもします。

このような状況下、一家の台所を支える母の役割はさらに大きくなったようです。一家の生活が苦しくなってきたことから、姉は高等女学校を卒業後、商店に勤務し、家計を支えていました。当時、私は高等女学校に在籍していましたが、学費もままならない状況でした。入学したのは浮羽高女でしたが、途中、日本、朝鮮を往き来することによる費用負担を軽くするために、朝鮮に住む両親の許から、近くの光州高等女学校に通うことになりました。

列車の中での手相占い

光州高等女学校までは、列車通学でした（図2）。当時の日本の鉄道は、レール幅が狭く、車内も窮屈でしたが、朝鮮においては広軌《こうき》のレール幅が用いられ、車内もゆったりとしており、きれいでした。

この時期、わが家は同じ羅州郡の洞江面から羅州邑《ゆう》錦町へと引っ越していました（図3）。羅州の町は、昔都があった所で、通りは碁盤の目のようになっていました。

引っ越した理由は、これまでの生活の基盤であった洞江面にある農地を失ったことによるものです。新たな生活をスタートさせるためには、日本人が多く住み、交通の便の良いこの町が良かったのでしょう。以前の住居からは、最寄りの鉄道の駅まで二里の山道を歩かねばならなかったのですが、転居した羅州邑では、自宅から最寄りの

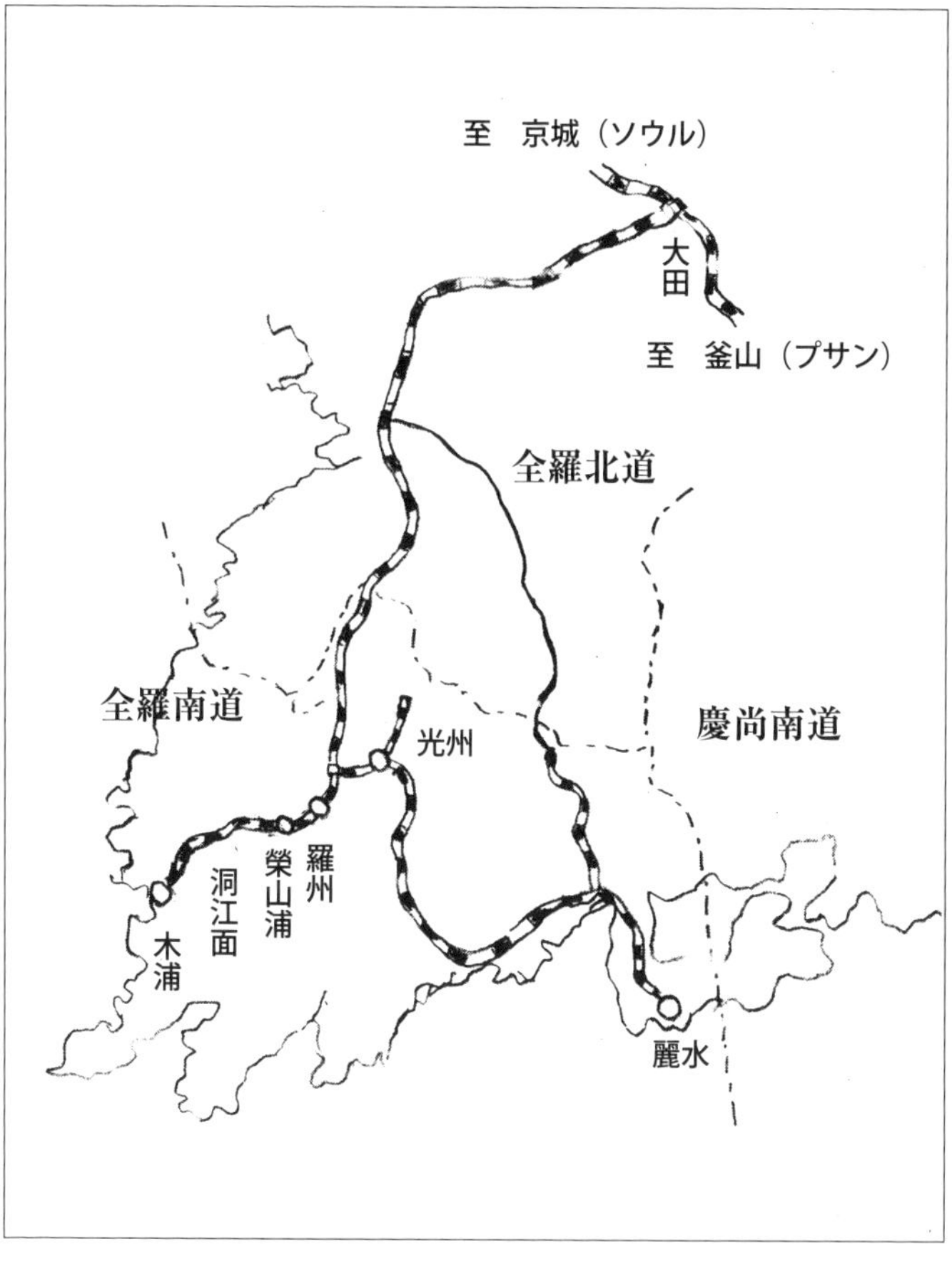

光　州：通学していた高等女学校があった町
羅州邑：青春期に住んでいた町　※月見小学校所在地
榮山浦：最初に赴任した学校所在地
洞江面：幼年期に住んでいた村
木　浦：引き揚げ前に滞在した町

図2　青春期を過ごした全羅南道（羅州）　昭和 11 年時の鉄道

羅州駅まではおよそ二十分でした。

通りには、日本人や朝鮮人の商店が並んでいました。羅州から光州高女への列車の時刻は、六時三〇分頃でした。羅州駅から通う生徒は、二十人くらいいましたが、列車にはいつも同級生の中林さん（仮名）と一緒に乗っていました。

大田《たいでん》から木浦までの区間は湖南《こなん》線とよばれていました。羅州から大田行きの列車に乗り松汀里《しょうていり》駅で、麗水《れいすい》行きの支線に乗り換え、三つ目が学校のある光州でした。麗水は、全羅南道の東端にある港町で、下関との間に定期航路があったため、日本との往来はこの港を利用しました。釜山が港としては大きいのですが、随分遠回りになります。

ある朝の列車の中でのことです。お年寄りに空いていた向かいの席を勧めました。その方は、私たちの通う学校がすぐにわかったのか、

「私は光州高女の松原先生の友人です」

と自己紹介《じこしょうかい》された後、

「君たちの手相を診《み》てあげようか」

と言われました。私たちは、その言葉に、安心と好奇心とから手のひらを差し出しま

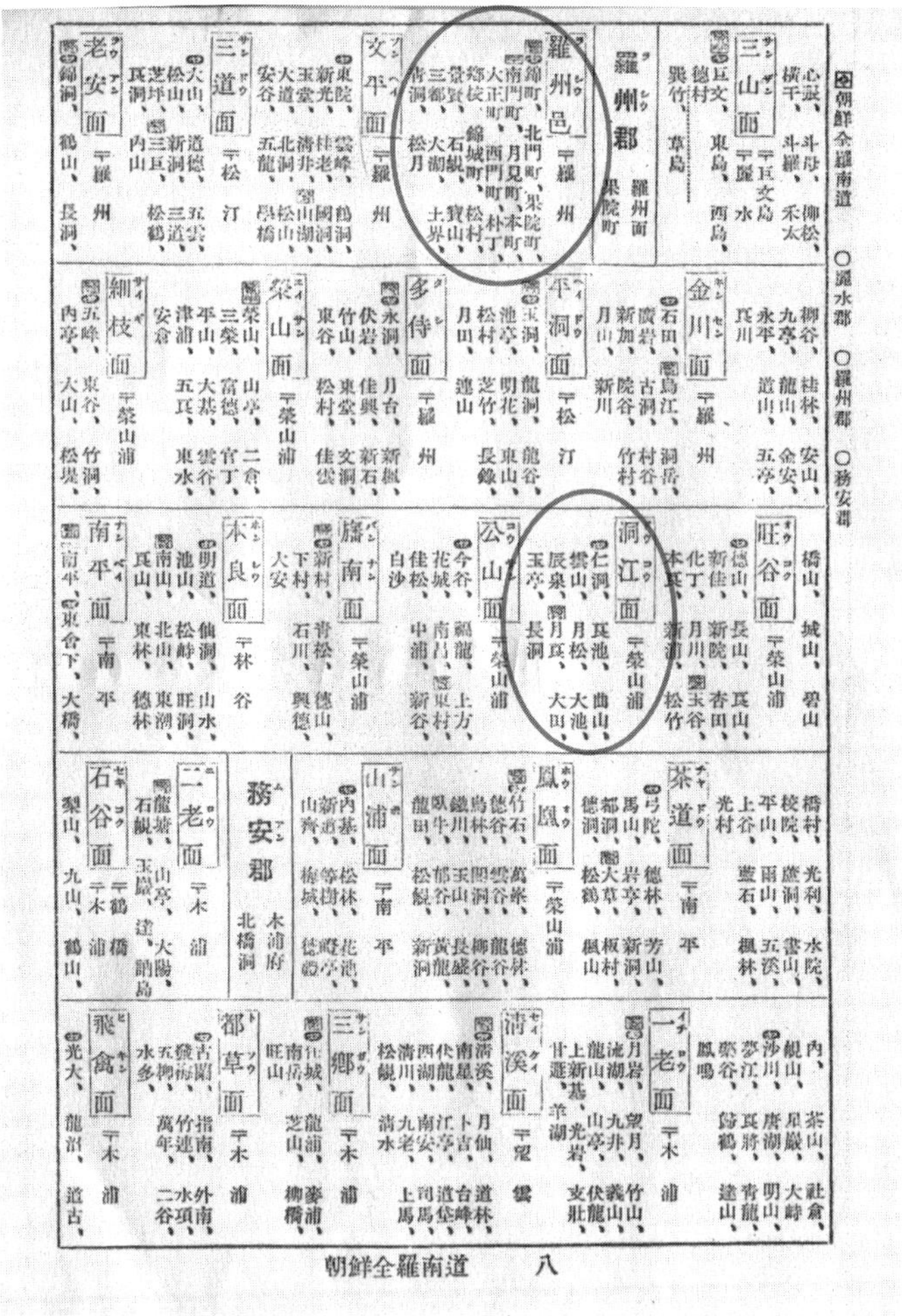

図朝鮮全羅南道 ○麗水郡 ○羅州郡 ○務安郡

心浜、斗岳、柳松、
横干、斗羅、禾太、
三山面 〒巨文島 〒麗水
巨文、東島、西島、
德村、
巽竹、草島
羅州郡 羅州面 栄院町
羅州邑 〒羅州
錦町、北門町、栄院町、
南門町、月見町、本町、
大正町、西門町、朴丁町、
郷校、錦城町、松村、
景賢、石峴、寶山、
三都、大湖、土界、
青洞、松月
文平面 〒羅州
東院、雲峰、鶴洞、
新光、梓老、國洞、
玉堂、清井、山湖、
大道、北洞、松山、
安谷、五龍、學橋
三道面 〒松汀
大山、道德、五雲、
松山、新洞、三道、
芝坪、三巨、松鶴、
巨洞、内山
老安面 〒羅州
錦洞、鶴山、長洞、

柳谷、桂林、安山、
九亭、龍山、金安、
永平、道山、五亭、
巨川
金川面 〒羅州
石田、烏江、洞岳、
廣岩、古洞、村谷、
新加、院谷、竹村、
月山、新川
平洞面 〒松汀
玉洞、龍洞、龍谷、
池亭、明花、東山、
松村、芝竹、長録、
月田、進山
多侍面 〒羅州
永洞、月台、新楓、
伏岩、佳興、新石、
竹山、東堂、文洞、
東谷、松村、佳雲、
栄山面 〒栄山浦
栄山、山亭、二倉、
三栄、富徳、官丁、
平山、大基、雲谷、
津浦、五巨、東水、
安倉
細枝面 〒栄山浦
五峰、東谷、竹洞、
内亭、大山、松堤、

橋山、城山、碧山
旺谷面 〒栄山浦
徳山、長山、巨山、
新佳、新院、杏田、
化丁、月川、玉谷、
本巨、新浦、松竹、
洞江面 〒栄山浦
仁洞、巨池、曲山、
横山、月松、大池、
辰泉、月巨、大田、
玉亭、長洞
公山面 〒栄山浦
今谷、福龍、上方、
花城、南昌、東村、
佳松、中浦、新谷、
白沙
播南面 〒栄山浦
新村、青松、徳山、
下村、石川、興徳、
大安
本良面 〒林谷
南平面 〒南平
明道、仙洞、山水、
池山、松峙、旺洞、
南山、北山、東湖、
巨山、東林、徳林、
南平、東倉下、大橋、

橋村、光利、水院、
校院、鹿洞、書山、
平山、雨山、五渓、
上谷、豊石、楓林、
光村
茶道面 〒南平
弓陀、徳林、芳山、
馬山、岩亭、新洞、
都洞、大草、板村、
徳洞、松鶴、楓山、
鳳凰面 〒栄山浦
竹石、萬岸、徳林、
徳谷、雲谷、龍谷、
鳥林、関洞、柳谷、
鐵川、玉山、長盛、
臥牛、郁谷、黄龍、
龍田、松硯、新洞、
山浦面 〒南平
内基、松林、花池、
新道、等樹、睦亭、
山斉、梅城、徳殿、
務安郡 木浦府 北橋洞
二老面 〒木浦
龍塘、山亭、大陽、
石硯、玉岩、達、
納島
石谷面 〒鶴橋 〒木浦
梨山、九山、鶴山、

内、茶山、社倉、
硯山、星巖、大峙、
沙川、唐湖、明山、
夢江、巨將、青龍、
楽谷、歸鶴、達山、
鳳鳴
一老面 〒木浦
月岩、泉月、竹山、
流湖、九井、義山、
龍山、山亭、伏龍、
上新基、光岩、支社、
甘遊、羊湖、
清渓面 〒望雲
清渓、月仙、道林、
南星、卜吉、台峰、
伏龍、江亭、道岱、
西湖、南安、司馬、
清川、九老、上馬、
松硯、清水、
三郷面 〒木浦
任城、龍浦、麥浦、
南岳、芝山、柳橋、
旺山
都草面 〒木浦
古蘭、指南、外南、
發梅、竹連、水項、
五柳、萬年、二谷、
水多
飛禽面 〒木浦
光大、龍沼、道古、

朝鮮全羅南道　八

図３　朝鮮全羅南道地名（昭和 11 年）

した。最初に私が診てもらいました。すると、その方は、微笑みながら、「あなたは将来教師になるといいね。あなたの性格は、教師に向いていますよ」と、告げられました。

次に、中林さんが診てもらいました。すると、「あなたは、狐のような性質ですね。人に好かれるように努めてください」と、辛辣な言葉が返ってきました。私は内心、（狐とはひどいな。でも、確かにずるいところはある）と思いました。例えば、試験の後、彼女は決まって私の答案を見に来ました。私の点数を確かめるためです。しかし、彼女は自分の答案をなかなか見せようとはしませんでした。だから、（ひょっとしたら、この占い当たるかもしれない）と思いました。

私は、この時の占いと、光州女学校の教頭先生の「自分の運命は自分自身で切り開いていくものですよ」という言葉を何度も噛みしめました。この列車の中での些細《ささい》な出来事が、その後の私の人生のきっかけをつくってくれることになるのです。

〈参考資料〉

＊統治前の道路事情とその後の鉄道建設

日本による統治前の李朝下では、幹線道路でも荷車がやっと通れるほどで、田んぼのあぜ道程度のものであった。もっとも重要な幹線とみなされたソウルと義州（現在の北朝鮮の中国との国境近くの町）を結ぶ道路は、宗主国であった中国の使いが往来するために唯一道路と呼べるようなものであったが、補修工事は十分に行われていなかった。釜山とソウルの間、四百キロ余りの距離を二五、六日かかるのが普通だったという。そこで、陸上輸送の機能を高めるために「大衆交通機関」としての鉄道の敷設に力を注いだ。

一九〇〇年、朝鮮で最初の鉄道である京仁線（ソウル―仁川間）三八・九キロが全線開通。一九〇五年、京釜線（ソウル―釜山間）四五〇・六キロが全線開通する。京仁線、京釜線合わせて三五〇〇万円。その他二つの線を合わせて六六三八万円。これらはすべて日本人の税金で賄われている。現在の金額でいうと、七兆円近くにも及ぶ。当時の大韓帝国の年間収入が七八四万円であったことを考えれば、日本がいかに多額の出費を行ったかがわかる。

鉄道建設は、一九四五年の終戦の年まで続けられている。総延長六六三二キロ、駅の数七六二、従業員数一〇〇五二七名に達した。(注5)

孫さん一家との交流

父が全羅南道の洞江面で、特に親しく付き合っていたのが、近所に住む孫さん(仮名)でした(**編者注**:ご本人の家族に迷惑をかけないよう本当の名字はここでは特に伏せておきます)。孫さんは、この地方の大地主でした。ご主人は教養のある方で、漢詩などにも造詣《ぞうけい》が深く、年齢も父と同じで、話も合ったのでしょう。

しかし、孫さんは病気を患《わずら》い、床《とこ》に伏していました。余命いくばくもない中で、枕元に父を呼び、くれぐれもよろしく頼むと言い残されたのは、彼の息子たちのことでした。

孫さんが亡くなった後もその子どもたちとの交流があっています。

昭和八年、父が四十八歳の時、種苗《しゆびよう》会社、さらには木炭販売の事業にも乗り出した折、孫さんの長男より資金提供をいただいています。その時の父の日記です。

「木炭販売事業の資金は、洞江面の孫○○君が融通なしくれけり。金額は五百円也。それも儲《もう》けた時の払いとし、証書一切書くじゃなし。余（私）が苦境にあえぎ居るを見ても親類の人でさえただ一人救助の手を差しのべし者も無きに、民族を異にせる鮮人でありながら　孫○○君の父親と同年齢にて友人に過ぎぬ間柄なるに、且つその親は物故《ぶつこ》してなし。斯《か》かるごとき事情にもかかわらずポンと投げ出し、『運だめしにやってみなさい』と云えり。その温情や終生《しゆうせい》忘れ得ざるところなり」

父はその時の約束を守り、その後とても優秀だった二男を日本の士官学校へ、三男は鹿児島にある農学校（現鹿児島大学農学部）に通わせるなど、孫さんとの約束を守り、孫さん一家への支援を続けました。

苦学の中からの希望

女学校の頃、わが家の家計は苦しく、大変生活に窮《きゅう》していました。すでに女学校を卒業していた姉からは、私がこのまま女学校に通うことを断念するように言われました。それでも、何とかして女学校を卒業したいという思いから意を決し、朝鮮から母方の祖父に、学業を続けたい旨の手紙を送りました。祖父は、涙を流してこの手紙を読んだと、後で聞きました。すぐに鹿児島の叔父に学費の支援を依頼してくれました。そのお蔭で、私は、その後、浮羽高女に再度転学し、また浮羽の祖父の家に住まうことになりました。しかし、朝鮮の親許の家計の苦しさは変わりませんでした。

四年生の時、奈良方面への修学旅行が予定されていました。周りに負担をかけたくなかったので、参加しないことに決め、祖父にも黙っていました。ただ、鹿児島の叔父には、学資に対する御礼状の中で、修学旅行のことに触れ、これ以上の迷惑をかけられないことを伝えていました。

修学旅行に参加しない生徒が一〇名ほどいました。修学旅行団が出発する前日、私は学校よりそのグループの級長役を務めるよう言い渡されました。

その日の夕刻、突然鹿児島の叔父がやってきました。

「これは使うあてのないお金だから、ろう子さんの修学旅行に使ってくれ」

そう言って、現金の入った封筒を置いて、その夜の最終列車で鹿児島に戻って行きました。

叔父が帰った後、祖父は私に修学旅行でどんなものが必要かを尋ね、しきりにメモをしていました。

翌朝、私は修学旅行の準備をして、旅行団が出発する吉井駅へと向かいました。祖父は先生方に私が参加できるよう交渉してくれました。修学旅行への参加について承諾していただいたものの、私の心境は複雑でした。

写真2　高等女学校修学旅行（昭和10年6月）奈良―猿沢の池

祖父はまだ夜の明けきらないうちにあちこちの商店を廻って、旅行に必要な物を買い揃えてくれたのです。まだ、どこのお店も開いていなかったはずです。村の世話をよくしていた祖父だったからこそ、村の人たちも快く対応してくれたのだと思います。

こうして祖父や叔父たちのお蔭で、高等女学校最後の思い出となる修学旅行を楽しむことができました（**写真2**）。

鹿児島の叔父と同様、東京の叔父も私には温かく、光州高女に通っていた頃は、毎月小学館から出版されている生徒向けの教育雑誌を送ってくれていました。この本を購読している友達はいなかったので、順番に貸していました。

多くの人たちに支えられ、私は無事に高等女学校を卒業することができました。

しかし、一家の家計を支えるために、卒業後は働かねばなりませんでした。姉は、その後看護婦になりました。

私は、どんな職業に就《つ》こうか、そう考えた時、列車の中でのあの手相占いの一言を思い出しました。教師という職業は、私に向いているように思えました。けれども、祖父母の世話、農業の手伝いなどで、母の実家を離れることができませんでした。

この時期、祖父はいつもきつそうでした。ある日、訳を尋ねると、

「考古学を研究されている九州大学の鏡山教授の協力依頼で、耳納山一帯にある古墳の案内を一人でしているんだよ。真っ暗な洞窟の先頭を歩くのは気持ちの良いものじゃないよ。それに奥の方は酸素不足なのか、気分が悪くなることもあってね」

と話してくれました。私が、

「酸欠の心配があるような場所では、懐中電灯を使わずにろうそくの明かりを使った方が安全ではないですか。酸素が薄かったら火が消えるはずですよ」

と言うと、

「瓏子、お前はなかなか賢いな」

と言って、褒めてくれました。この頃祖父は、七〇代の後半だったように思います。古墳の探索が頻繁に行われていたせいか、かなり疲れていたようです。

このような無理がたたったのか、間もなく祖父が亡くなり、祖母との二人だけの生活が始まります。この時、弟の欣三郎は小学校六年生でした。そこで、朝鮮から浮羽の地に戻り、地元の浮羽中学校への進学を目指すことになりました。弟はこれまであまり勉強をしてこなかったので、私が傍について中学受験に向けて一生懸命指導しました。その甲斐あって、少しずつ成績も向上し、小学校を卒業する頃には、クラス（七〇人）で三番になり、無事に浮羽中学校に入学することができました。

これを機に弟は父方の西見医院（父の兄の栗次伯父）に預けられ、私は「教師になる」という人生の目標を持って親許の朝鮮に渡ることになりました。

〈参考資料〉

＊西欧の植民地政策との違いとは

英国のインド統治では、英国は自国からの財政支出は一切していない。駐インドの英国軍の全費用（給与や休暇手当を含む）を支配されるインド人が負担した。日本の朝鮮総督府にあたるインド政庁は、インド人から徴収した租税のおよそ二五％を本国に送金している。その分貧しいインドは、さらに貧しくなり、財政は絶えず破たん状態だった。

また、イギリス「植民地」のアイルランド統治では、アイルランド人は、その収奪に耐えかねて、自国からの集団脱走（主に移民）を行っている。アイルランド人の土地保有率も五％以下となっている。一八四一年に八二〇〇万人であった人口が、四四四万人（およそ半分）に減少している。

植民地化政策の場合、統治の基本は、次の三点であった。

①土地の没収　②無教養化　③産業進展の抑圧

一方、日本による朝鮮統治の場合、人口は一九一〇年の一三一三万人が、一九四二年には、二五五三万人へと増加（三二年間にほぼ倍増）している。国内総支出も、一九一〇年の五八万円が一九三八年には一一九万円と、ほぼ倍増している。人口が増え、所得が増えたことからも、生活が豊かになったことがわかる。

日本の朝鮮統治は、「植民地支配」といわれることがあるが、「植民地であれば、日本の朝鮮統治から、財政的・経済的メリットがあったはずであるが、逆に日本は、巨額で過度な財政的負担を強いられた。国民はその分増税を強いられており、日本人が搾取されたともいえる。（注6）

沈滞したままの朝鮮経済に、一九〇〇年前後を境にして上昇機運が見られるようになる。日本からの資本の導入と様々な支援によって、近代的市場制度の定着、所有権制度の整備、近代的企業制度に不可欠な商法の確立、取引の安全性を保証する信託制度、通信・運輸の発達などが見られたからである。

植民地時代を通じ、日本からは総額八〇億ドルの資本が流入し、日本人の農場と工場が増えて、朝鮮半島地域単位のGDPが上昇し、一人あたりのGDPと、生活物資の消費量などが大きく増加した。一九二〇～三〇年代のGDPは平均四％程度上昇している。

そして、何よりも人口が増えた。一九世紀以来、減少する一方だった人口が、二〇世紀に入り、増加傾向に変わった。人口の動向は、衛生環境や伝染病などとも関連があって、それ自体が直接的資料とはいえないが、当時の経済状況を推定する資料になる。植民地時代、朝鮮半島の人口は、それ以前の一七〇〇万人から三〇〇〇万人に増加した。これは経済力が高まった証拠である。一九二〇年代は世界経済の沈滞期であった。当時最高の好景気といっても二％の成長を示した国はほとんどなかったが、日本の資本主義は、年三％の持続的成長を継続していた。植民地朝鮮の経済発展は、朝鮮半島と満州、台湾を包含した日本経済圏に共通した成長の結果であった。

欧米には、植民地に資本財・中間財を輸出して産業を興そうという発想はない。西欧帝国主義は、基本的に原料収奪型である。東インド会社に英国が投資して経営するものの、いつでも離れ去ることができるよう商業的投資をした。それが帝国主義本来の姿であり、日本と植民地朝鮮の関係をそのような原則で推し量ることはできない。地理的に隣接しており、人種的に相似で、文化的にも相当の類似性が見られたので、むしろ日本はひとつの大きな日本を形成することを意図したと考えるのが妥当である。（注7）

第三章

榮山浦南《えいざんぽみなみ》小学校

〔担任学級〕

昭和 14 年 10 月～ 15 年 3 月	1、2 年女子組〈複式〉
〃　15 年度	3、4 年女子組〈複式〉
〃　16 年度	4 年女子組
〃　17 年度	1、2 年女子組〈複式〉
〃　18 年度	1 年女子組
〃　19 年 4 月～同月末	1 年女子組

一クラス八十人の複式学級

昭和十四年四月から羅州郡山浦《さんぽ》面にある日本人子女を対象とした小学校に代用教員として勤務するてはずになっていました。この学校には、父と親しかった宮田校長（**写真1**）がおられました。ところが、私の後を継いで祖母（母の実家）の世話をする者がすぐに決まらず、朝鮮に渡ることができたのは、四月半ばのことでした。すでに当校では別の代用教員が補充されていました。そこで、郡庁に代用教員の申請をし、自宅で生け花の稽古をしたり、着物を縫ったりしていました。

間もなく、父と親しかった税務署長さんより税務署に欠員が生じたので勤めてみないかとの誘いがあり、税務署での仕事をしていました。

それから二か月ほど経った時、郡庁の方から代用教員として採用したいので面接に来るようにとの通知がありました。

昭和十四年十月、代用教員として朝鮮の全羅南道《ぜんらなんどう》（現在の韓国の南西部）に住む親許の近くにある榮山浦《えいざんぽ》南小学校に勤務することになりました。この時、私は十九歳。代用教員とは、今でいうところの常勤講師です。仕事内容は、正規の教員と変わりません。

初めて給与をもらった日、家に帰って、母に、

「じっちゃま（おじいさん）が生きていたら、大好きなお酒を買ってあげられたのに」

と話すと､母は急に泣き始めました。祖父は本当に私のことを可愛がってくれました。祖父のお蔭で女学校も卒業できたのです。

父の日記には、この頃のことが次のように記されています。

「十月、瓏子、教員に奉職。榮山浦南普通学校に就職す。自宅より通勤す。嘱託《しょくたく》教員なり。月給四十円。翌年八月講習を受け、検定試験に合格。教員の資格をとる。翌々年四月一日任官。三種教員。本俸四〇円加俸二四円。住宅料六円五〇銭」

当校は、朝鮮人の子女を対象とした小学校で、校舎は日本政府によって建設され、

写真3　職員写真（昭和16年3月）　※前列左から2番目、瓏子

運営されていました。榮山浦には、日本人の子女を対象とした榮山浦西小学校がありました。

　榮山浦南小学校の教職員は、日本人と朝鮮人です。校長は日本人、教頭職にあたるポストには朝鮮人といった組み合わせでした。職員数は、全部で十名余りです。日本人、朝鮮人の割合は、男性でほぼ同数、女性は日本人が多かったようです（**写真3**）。

　ここで使用する言語は、すべてが日本語です。教育内容も日本の学校に準じており、日本の学校と同じことがここで行われていました。

最初に担任したのは、一、二年生の女子の複式学級。一つの教室で合わせて八十人の児童が学んでいました（**写真4**）。四十人学級という今の制度に比べると、当時はその倍です。教室の中の机の数が多いため、机と机の間を通るのは人一人がやっとという状況でした。

小学校入学者の数は、その後も年々増えていきましたが、当時朝鮮では男性優位の社会であったことから、親の男子に対する期待が大きく、入学児童数は、男子の方が多く、年齢も揃っていてほぼ全入に近い状態でした。反面、女子は男子より入学する児童が少なく、年齢もまちまちでした。

男子は学年に一クラスの学級が編成できるのですが、女子は少ないために低・中・高学年別、つまり二つの学年を一つにした複式学級による編成となっていました。後に一度だけ人数調整の必要から四年女子学級四十名の学級担任をしたことがありますが、このケースは大変稀な例だったといえます。男子クラスは男性教師、女子クラスは女性教師が担任することが前提となっていましたが、中には例外的に元気のよい女性教師が男子の低学年のクラスを持つこともありました。

写真４　担任学級１、２年女子組〈複式〉（昭和14年４月～15年３月）

男女の区別による学級編成は、校舎の中の教室配置にも反映されていました（**口絵写真**）。中央に職員室、校長室（迎賓室）、玄関があり、右側の棟は三年生以上の男子の教室。左側の棟は、男子一、二年生の教室、女子クラスというように配置がなされていました。さらに校舎の左側には、小使い室（当時の名称）、校長官舎がありました。

校舎が男子と女子とに分けた配置となっていたことから、中、高学年の男子クラスの様子を目にすることはあまりありませんでした。特に朝鮮では伝統的に早婚であったことから、相手が小学生といえども男子に対し、女教師は女性として見られないよう服装、表情などについて十分留意しておくことが求められました。

ところで、複式授業というのは、一方が図画を学んでいる時、他方は算数を学ぶといった学習形態です。一人の教師が教えるわけですから、並大抵ではありません。特に時間割の組み方には難儀しました。

子どもたち同士の喧嘩は結構多かったように思います。授業中といえども、片方の学年で指導をしている時、もう一方の学年で、トラブルが発生することもよくありました。

中でも金さんは、少し乱暴なところがあって、友達をよく叩いたり、蹴《け》ったりしていました。しかし、この子の家庭背景は少しばかり複雑でした。母親が継母《ままはは》だったのです。家庭で満たされぬ思いを学校で発散していたのかもしれません。私にはとてもよく懐《なつ》いていました。あの子は今頃どうしているだろうか。幸せに暮らしているだろうか。時々、ふとそんなことを考えることがあります。

軌道に乗り始めた父の仕事

昭和十三年、知人の佐藤三蔵《さんぞう》さんより共同経営の話が舞い込みました。朝鮮で一番大きい種苗会社「富国園《ふこくえん》」が羅州にも進出したいというので、その事業に知人の岡田氏と携わるよう勧められたのです。それまで定職のなかった父に光が射し込んできた瞬間でした。その後、木炭販売の事業にも取り組み、わが家の暮《く》らしも楽になっていきました。

洞江面に住んでいた頃、父は多くの人との交わりを持ち、全羅南道に多くの知人を得たことが、自らの窮地を救うことにも繫がったようです。

翌年から父は羅州神社の宮総代として神主の補佐もするようになりました。神事などが行われるときには、神主の衣装を身に付け、仕事をしていました（写真5）。その頃の日記です。

「羅州神社宗教者総代幹事となる。日支事変は拡大し、戦争の深刻化に従い、兵隊の応召者、除隊者と、引き続き行われ、年二回の大祭、月々の小祭など、神社も漸《よう》く多忙となりたれば、神社事務を嘱託せられたるなり」

父は文学肌の人間で、漢詩、短歌、俳句をよく詠んでいましたが、音楽も愛好していました。この頃お宮の祭りなどで披露する横笛の練習に励んでいました。その演奏は実に見事でした。わが家には、父の愛用する尺八、箏《こと》、三味線《しゃみせん》、アコーディオンなどの楽器がありました。西見家はもともと音楽を大事にしてきた家系だったようです。娘のときは箏、結婚したら三味線を習わせるのがしきたりとなっており、本家には女たちが定期的に集まり、練習があっていました。

写真５　神官の衣装に身を包んだ父省三

私の娘が中学校の音楽の教師になったのは、父の音感を受け継いでいたのかもしれません。

昭和十五年、世界大博覧会やオリンピックが東京で開催される予定でしたが、戦時のため中止となりました。

同年、父が五十歳の時の仕事のようすです。

四月に、羅州会経済統制会理事に就任しています（羅州商工会事務所内で執務）。

九月に薪炭販売業者組合長となりました。この時、各種販売業者種別組合一二組合（・雑貨商・米穀商・薪炭商・金物商・酒類販売業・履物商・薬種商・接客商・肥料農器具種苗商・印刷及紙類販売業・製糸業・魚肉販売業）が組織され、父がその全体の任《にん》にあたることになりました。

正規教員として出発

夏休みに道（県）の学務課主催の一か月間の講習会（**口絵写真**）があり、教員の採用試験に合格した私は、正規の教員として引き続き榮山浦南小学校に勤務しました。昭和一六年四月のことです。合格者は日本人では小川さんと私、朝鮮人では同僚の南先生他二名でした。正規教員になることを当時は「任官《にんかん》」とよんでいました。

代用教員の頃と比べると、給与の面では大きな差がありました。代用教員の給与は、本俸月四十円それだけなのに対し、任官されると、本俸四十円に、外地手当が六割の二十四円（満州、台湾では八割の三十二円）、住居手当が六円五十銭加算され、計七十円五十銭ももらうことができました。私はそのすべてを給料袋の封も切らずにそのまま親に渡していました。

朝鮮人の先生の場合は、外地手当が付いていないので、本俸のみでした。つまり、内地で教員をしている日本人と同じ額です。ただし、朝鮮人の先生が、満州に行って教員になるような場合には、外地手当が付いていたということです。しかし、俸給の手当の仕組みをよく知らず、総額の違いだけで不満に思っていた朝鮮人の先生も中にはいたようです。ただ、外地手当の比率が高く設定されていたことで格差が生じていたことは事実です。

当時、朝鮮での通貨は、日本の円だけでなく、朝鮮の貨幣《かへい》も用いられていました。

当校に教員として正式に採用された後、すぐに歓迎の意味での研究授業が待っていました。この授業は、新しく赴任した先生に授業をさせ、これまで当校に在籍していた先生方が参観し、授業後に厳しく指導をする恒例の行事です。授業をする当人にとっては、まさに地獄を思わせるようなものでした。これまできちんとした指導法を教えられていなかったこともあって、授業後の反省会では、不十分な点について、手厳しい指摘を受けました。この時、自分自身の未熟さを痛感し、以後これを発奮材料として、本屋から授業法に関する書物を買い求め、必死に勉強をしました。その甲斐あってか、かなり指導が上達しました。特に毎月購読していた教育雑誌の「教育技術」は、学級経営や授業づくりの上で、大変役立ちました。

その後、本校に赴任してきた東原先生にも研究授業が待っていました。この時も授業後の反省会は手厳しいものがありました。しょんぼりしている東原先生を励まし、次の授業には上達した姿をお互《たが》い見せられるようにしようと誓い合いました。

翌年の研究授業では得意の図画で臨みました。字のうまかった父に掲示物を書いてもらったり、人形などを取り寄《よ》せて飾《かざ》ったりして、教室環境を整えました。この授業についいては、多くの先生方に褒めていただき、大変自信になったものです。

榮山浦南小学校の教師たち

校長は、大分県出身の弦本健次先生。年齢は、四十代後半位だったでしょうか。教頭（当時は別の職名）は、朝鮮人の文先生。優秀で真面目な先生でした。日本語で書かれた歎異抄（仏教）の本を毎月購読されていました。熱心に読まれている姿が強く印象に残っています。

日本人、朝鮮人の先生方相互の関係は良好で、特に若い日本人の山崎先生と朝鮮人の李先生は大声で笑いながら冗談を言い合うほどの仲でした。しかし、教頭の文先生は、時として日本を侮蔑《ぶべつ》するような発言をされていました。日本の朝鮮統治に対する反感を持っておられることを感じ、この先生の前では、特に言動には気を付けるよう心掛けました。また、朝鮮の人たちは、「朝鮮人」という言葉を好まず、自分たちのことを「半島人《はんとうじん》」とよんでいました。日本人は、「鮮人《せんじん》」、「内地人《ないちじん》」といった使い分けをしていたようです。

朝鮮人の女の先生の中で、私が特に親しく付き合ったのが南寿姫《なんじゅき》先生です。「ナン先生」と呼ばずに「みなみ先生」と日本名で呼んでいました（**写真3**　前列左端）。時には、ユーモラスに「なんじゅ」をもじって「まんじゅうの姫先生」と呼んだこともありました。南先生は、日本人の学校に在学していた経験もあり、大変優秀な方でした。日本語が堪能で、日本人の仲良しがたくさんいました。

南先生は、私にマーガレット・ミッチェルの「風と共に去りぬ」やパール・バックの「大地」などの書物を貸してくださり、大変親切にしてもらいました。これらの本は、日本の友人から借りたということだったので、私は早く返却しなければと思い、毎晩遅くまで読み耽《ふけ》りました。お蔭で私はこれらの作品から女性としての生き方を考える上で、大いなる刺激を受けました。その後の私の人生の道標になったような気がします。

特に南先生にお世話になって感激したのは、夏休みの一か月間、教員資格取得講習会に参加するための宿泊場所探しでした。知り合いの朝鮮人のお家を方々訪ねて回って、弁護士をされている呉さんのお家を紹介してくださったのです。

その家のご主人と初めてお会いできたのは、数日経った日曜日のことです。入居日にお会いすることができなかったので、あらためて挨拶しました。

「ご主人様、ご挨拶もせず入り込んですみません。南先生のお世話でこちらに参りました西見瓏《ろう》子と申します。どうぞよろしくお願いします」

それに対して、丁寧なご挨拶が返ってきたことを憶えています。

日本人の家を借りるとなると、宿泊に伴う経費は相当高かったものと思われます。

私が借りた部屋にはもう一人の同居者がいました。李寿徳《りじゅとく》さんです（**写真6**）。彼女もまた代用教員で、私と同様正規教員を目指していました。すぐに仲良くなり、講習会には、二人で通っていました。

この他、特に心に残る先生としては、私が榮山浦南小学校に赴任する前の年まで在任であった金順児《きんじゅんじ》先生がいます（**写真7**）。信頼できる先輩であり、友人でした。一度も一緒に勤めたこともなかったのですが、義妹が、当校に通っていたこともあり、時々彼女は学校に顔を出していました。その金先生と親しくなり、彼女の下宿に遊びに行ったことがあります。彼女年は二つ上で、姉のように慕っていました。彼女が結婚した後も何度もお宅を訪ねました。友人と宿泊したこともあります。彼女は、本当に幸せそうでした。ご主人との出会いは、青年団で一緒に活動したことがきっかけだったそうです。日本でいえば農協のような所に勤務されていました。

人として、あるいは教師としての資質は、日本人も朝鮮人も変わりません。日本人でも朝鮮人でもすばらしい先生はすばらしいのです。

写真6　李寿徳先生

写真7　金順児先生

最後に紹介するのは、小使い（※当時の職名。文書の送達や環境整備を主な業務とする）をされていた姜水用《キョウスイヨウ》（※日本語読み）さんです。真面目で正直な方でした。教員の様々な要望にも誠実に対応していただきました。学校関係の書類を郡庁に届けるために遠路徒歩で通っていました。郡庁の近くに私の実家があったので、母親に、姜さんにはいつもお世話になっていることを伝え、彼が仕事で郡庁に行くときには、必ず家に寄ってもらうので、そのときはお茶を出すようにと頼んでおきました。以後、姜さんはいつもわが家に寄ってしばらく休んで、郡庁に行っていました。母は、お茶の他にもお菓子やまんじゅうなどを準備して、その労をねぎらっていたようです。

ところで、当校は若い先生が多いこともあって、暗黙のルールがありました。①男女間での話はできるだけ慎む。②女性教師は、ピンクや赤などの色の服を着ない。③教室などでは、男女二人にならない。といったものです。

お寺での下宿生活

下宿先として選んだのは、学校の傍の山腹にある禅宗（曹洞宗）のお寺、榮江寺《えいこうじ》です。お寺には、町のサイレンがありました。また、桜の巨木があって、春の満開の時期、それはとても美しいものでした。

この寺の住職(和尚《おしょう》)の中村さんは、佐賀のご出身でした。廃屋《はいおく》をお寺に改修し、使っていました。寺の運営は、柳川（福岡県）出身の有志の方々によって行われ、お参りをするのは皆日本人でした。

部屋は、お寺の裏側に隣接する八畳ほどの広さの「離れ」を借りての生活でした。ご飯やみそ汁などの煮炊《にた》きは、屋外で七輪《しちりん》を使って行っていました。毎朝五時に勤行《ごんぎょう》が始まるため、その音に目覚め、一度も寝坊《ねぼう》することはありませんでした。学校までは、山を下って約十分の近さでした。

ある時、寺の住職に、

「和尚さんもやはりお寺のご出身ですか？」

と尋ねると、

「私はかつて日露戦争に従軍していました。この戦の中で、無二《むに》の親友が私の傍で悲惨な死を遂げたのです。その後私は、会社勤めをしていたのですが、そこを辞《や》めて彼の御霊《みたま》を弔《とむら》うためにこうしてお寺の僧になったのです」

と語ってくださいました。

お寺での下宿生活も、最初は一人でしたが、後に若い女性の川上（仮名）先生が同じ学校に転勤してきたことから、二人での共同生活となりました。しかし、彼女は、自慢家で、無遠慮な人でした。裁縫の学校を出たこととの自慢をよく聞かされたものです。しかも最後まで下宿での生活費を少ししか出してはくれませんでした。

また、ご飯を炊いたことが一度もないというので、そんなことまで教えなければなりませんでした。私の親許から使用人の金さんが時々持ってくる差し入れのおやつや果物を彼女はいつも自分のもののように遠慮なく食べている人でした。

この下宿には、仲良しだった南先生を何度か連れてきたことがあります。そんな時、川上先生はいつも不機嫌でした。

ある時、南先生が帰った後、

「どうして連れてくるの。朝鮮の人ってお風呂にも入ってないのよ」

と、川上先生は私に言いました。

「いいじゃないの。朝鮮人も、日本人もないでしょう。同じ教師でしょう。そんなこと言うこと自体がおかしいんじゃない。朝鮮の子どもたちがいるからこそ、私たちはこうして教師として学校で仕事をすることができているわけじゃないの。そんなこと言うもんじゃない」

と厳しい調子で言い返しました。彼女にはどこか差別的な感情があったようです。

その後、南先生を下宿に誘っても、川上先生の雰囲気を察知してか、足を運ぼうとしませんでした。

ところで、使用人の金賛文《きんさんぶん》のことを紹介します。わが家では、家の仕事を手伝ってもらうために、学校を卒業したばかりの金さんを使用人として雇っていました。十代半《なか》ばの男の子で、とても素直な子でした。弟とは二つ違いと年齢も近かったため、ことのほか二人は仲良しでした。月々の給与をきちんと払った上で、朝、昼、夕の食事と、お風呂を提供していました。

下宿で共同生活していた川上先生が他校に転勤したのをきっかけに私はバス通学に切り替え、羅州の親元から学校へ通いました。

学校での教育内容

小学校で子どもたちに教えていた内容は、日本と同じといえます。国語は、朝鮮語でなく、日本語です。生活記録などを書かせる「作文」。教科書の教材文を読む「国語」。毛筆を使っての「習字」の三つの内容に分かれていました。当地の子どもたちは小学校へ入学後に初めて日本語を学ぶわけですが、どの子もすぐに理解することができたのには大変驚きました。

算数は、たし算やかけ算などです。理科はありましたが、実験道具もないために、花をとって来て花弁やめしべなどの観察学習が主になっていました。音楽は、オルガンが壊れて音が出なかったため、歌って指導しなければなりませんでした。田舎の学校でしたから、おそらくオルガンの修理ができる人が近くにいなかったのでしょう。曲に合わせた踊りも一緒に指導していました。

図画は身近な静物などの写生が主でした。手工（工作）は、折り紙細工や粘土などです。

修身は、教科書といわれるものは当校では配られておらず、指導は自ずと説諭を中心としたものになりました。教科書を使っていたのは、国語と算数だけでした。教師用指導書といったものはありませんでしたから、すべてが教師手づくりの授業となりました。五、六年生になると、地理と歴史が加わりました。

このような内容を子どもたちは日本語を通して学んでいくわけですが、お互い同士では朝鮮語を使って話をしていました。朝鮮語を話すことを禁じたりはしていません。私も努めて朝鮮語を覚えようと努力しました。

ある時、たまたま覚えたての朝鮮語を使っていると、同僚の朝鮮人の先生から、それは下品な言葉だから使わないようにと、釘を刺されました。

私は、五歳になるまで朝鮮で暮らし、朝鮮の子どもたちとも仲良く過ごしていたので、幼少期は朝鮮語を巧みに使いこなすことができ、時には母と現地の人との通訳を買って出ることもありました。むしろ、日本語を話すことの方が苦手でした。

しかし、内地に戻り、内地の学校に長く通っていたために朝鮮語を忘れて、もはや昔のように上手に話すことができませんでした。

しかし、今でも鮮やかに蘇る言葉があります。

「ウリ　ハッキョ　ソンセン（私たちは学校の先生です）」


〈参考資料〉
＊日本による教育支援
韓国併合後の日本は、教育の普及に全力を投入しました。明治天皇からの恩賜金一七〇〇万円の利子の三〇％を初等教育に資することとして、こ

れに総督府からの補助金等を加え、小学校を増設した。一面（日本の村にあたる行政区画）に小学校一校を目標にした。保護者負担についても、朝鮮人の経済的負担をできるだけ軽減している。一方、日本人の経済的負担はそれよりも大きなものであった。

併合前、全土で一〇〇校であった小学校が、五年後には四一〇校と四倍になっている。児童数も、全体六万一七〇〇人になっている。一九四三年には、官立・公立の小学校（当時は「国民学校」六ケ年）は、四二七一校となり、朝鮮人の就学児童数は、一九四万二六人と飛躍的に増加している。

総督府は、初等教育のみならず、中等教育にも熱心で、「旧制中学」や高等女学校を設立する。また、高等教育の充実にも力を注ぎ、一九二四年には、京城帝国大学が創設された。一九三一年の大阪帝国大学、一九三九年の名古屋帝国大学より早かった。（注8）

一九〇四年（明治三六年）当時、学校教育は主に首都ソウルに限られており、小学校がわずかに七、八校あるのみだったといわれる。人口一千二百万人の朝鮮で、近代的な公立学校に通っている生徒の総数は五百人で、それ以外の私立学校は大半がミッションスクールであった。日韓併合後、朝鮮の公立小学校の生徒数は、一九一〇年に十一万八百人となり、二〇〇倍を超えた一九三七年には、約十一倍の百二十一万四百人に増えている。太平洋戦争のさなかに一九四六年には朝鮮に義務教育制度を導入する計画を立てていたといわれる。（注9）

教育面では、六年以上の教育を受けた人は、大韓帝国の末に二・五パーセントにすぎなかったのがだんだん増えて行き、一九三〇年代に生まれた人々は七八％以上が一二年以上の教育を受けた。このような教育が近代化の土台となり、さらに朝鮮戦争後の韓国で本格的な産業化の基盤となった。（注10）

朝鮮の庶民の暮らし

朝鮮の人々の衣食住について紹介します。

服装は、チョゴリ（上着）といわれる民族衣装です。男子は、ズボンのようなものをはいていて、女子はチマと呼ばれるスカートのようなものをはいています（写真8）。子どもたちの服の色は皆黒色でした。以前は、大人も子どもも皆白色だったそうですが、子どもたちは遊んでいる時に汚すことが多かったために、子供服は黒色になったという話を聞きました。大人の服は、皆白色で、日本のように絣《かすり》や縞《しま》などの柄模様《がらもよう》はなく、色も付いていませんでした。韓流ドラマなどでは、カラフルな衣装になっていますが、多様な色が用いられるようになったのはずっと後のことです。

当時、朝鮮では農業が主たる産業でしたが、農業技術が進んでいないために生産量が少なく、その結果、一般家庭の生活状況は極めて厳しいものがありました。冬の寒い時期でも、学校には上着の下にはシャツ一枚しか着てこない子どもがたくさんいました。学校には暖房設備はありませんでしたが、一クラスの人数が多いために教室の中はすぐに温かくなっていました。

食については、お国柄、子どもたちは食事の時いつもキムチを食べています。もちろんお昼のお弁当にもキムチが入っています。ですから、教室はいつもキムチの匂いで一杯でした。

我が家でも朝鮮人のおかみさんを雇って、キムチを漬けてもらっていました。使用人の金さんの大好物でもあったからです。材料は、主に白菜《はくさい》、大根。それに、海苔《のり》、鰯《いわし》の塩漬け、にんにく、唐辛子《とうがらし》を入れていました。

写真8　チマチョゴリの姉妹

住についていえば、当地の民家は、皆小さく、家は赤土でできており、屋根は稲藁《いなわら》で葺《ふ》かれていました。稲藁は麦藁と違って、早く傷《いた》んでいたようです。家の周りに石を混ぜた赤土で塀を巡らせている家もありました。

以前、南先生に紹介いただいて一か月間滞在したお家の場合は、裕福だったのでしょう。レンガ塀を巡らしたわりと大きな住まいでした。門をくぐると、中央に本宅。朝鮮式の赤土を使った家屋でしたが、木材もふんだんに使われていました。左手に使用人が住みこんでいる長屋があり、三つの部屋がありました。一番手前が男性使用人、次が女性使用人（二名）、そして三つ目がその家の一番上の長女の部屋。その長女の部屋を借りることになりました。しかし、毎晩南京虫《なんきんむし》（体長5～8ミリの吸血性の昆虫、別名トコジラミ）の襲撃に遭ってその痒《かゆ》さからなかなか眠れませんでした。

ここでの食事は、ご飯の他に焼き肉（豚や鶏）、お魚、キムチ、朝鮮風味噌汁が出されました。朝鮮のお米は気候風土のせいか、特においしく感じました。

一方、日本人の住む家屋は、木材を使用していました。屋根には瓦を使用しているところは少なく、ほとんどがトタンを用いていました。経費が安くて済んだのでしょうが、冬場は特に寒かったのを憶えています。

家庭訪問をした折、朝鮮の家屋の中の様子を見ると、床は、赤土の上に厚い油紙が敷かれており、その上で人々は生活をしていました。休むときには、その上に毛布を敷いたりしていたようです。冬場は特に寒いので、床には冬季暖房のオンドルが掘られていました。オンドルとは、食事の煮炊きなどで薪《まき》を燃やした熱が床下（赤土の中に掘られた洞《ほら》）を潜《くぐ》り、部屋の中が暖かくなるような仕組みです。

間取りは、文先生の家の場合を例にとれば、土間（炊事場）、茶の間（オンドル）、箪笥《たんす》などを置いた板張り、奥に寝室（オンドル）というようになっていて、これが一般的だったようです。貧しい家では一間だけという場合もありました。

また、朝鮮には入浴の習慣がなかったため、夏場であれば、お風呂の代わりに川などで体を洗っているという話を聞いたことがあります。そのせいかもしれませんが、子どもたちはとてもシラミが多く、頭髪の中のアタマジラミだけでなく、着物にも日本ではあまり見られない白ジラミ（コロモジラミ）がいました。白ジラミの場合は、下着などを棲家とし、体を刺して血液や体液を吸って、その痕は赤い斑点となりました。職務上、子どもたちと接触する私たち教師は、シラミをもらうことになり、閉口したものです。

民家のトイレは、屋外にありました。昔この地方では、虎が出没していたようで、室内に焼き物のし尿器が置かれ、夜はそれで用を足す習慣が残っていました。その容器には花柄が付いていたりするので、最初はそれが何なのかわかりませんでした。

学校に通う道の傍《かたわ》らに小屋がありました。その小屋の二階に上がるとトイレになっていて、放し飼いされた豚がやって来て、人糞を食べていました。その豚の肉を人間が頂くというわけですから、何とも合理的です。

この地では、日本のように家の周りに枝ぶりのよい樹木を植えた庭園といわれるものを配するような文化はありませんでした。ただ、多くの家の周りには、木槿《むくげ》の木が数本植えられ、夏には白い花を咲かせていました。木槿は、現在韓国の国花にもなっています。

子どもたちの指導で大切にしたこと

授業で一番心を砕いたのは、学習に対して子どもたちの興味をいかに引き付けるかでした。興味・関心による主体的な学習の大切さを痛切に感じたのは、内地の高等女学校で受けた英語の授業と外地である光州高等女学校で受けた英語の授業とで大きな違いがあったことからです。内地の高女では、先生は黒板にただ英文を書くだけでした。生徒は一言もしゃべらず黙ってその時間を過ごしていました。ですから、授業は一つも楽しくありませんでした。

一方、光州高女では、世界の国々に英文で便りを書くという活動が授業に取り入れられていました。日本を紹介する絵の付いた葉書が一人に三枚ずつ手渡され、生徒が書いた絵葉書は人口五万人以上の世界の都市に送られました。私の葉書の一枚は、ロサンゼルスの女学生の手元に届き、返事の手紙の中には柔らかい桃色の布地が同封されていました。それは、彼女の通う学校の制服を示すものでした。この返事に対するお礼を先生に手伝ってもらいながら、ワクワクするような気持ちで書いたのを憶えています。英語の授業でのこのような活動は、今も忘れられません。

書くという活動が生徒にとって必然性があり、主体的に取り組める授業だったからだと思います。若い先生でしたが、生徒たちの意欲を高めるためにはどうしたらよいか、よく考えられていたと思います。学習に興味が持てれば、その教科を好きになり、ひいてはその先生に対する信頼や尊敬も増していくものです。

これまでに受けた二つの授業を通して、私は子どもの立場に立った興味の持てる授業づくりを心掛けて行こうと心に決めました。

相手が低学年の子どもであればなおさらです。言葉だけで理解させようとしても困難です。

例えば、一年生の国語の「アカイ　アカイ　アサヒハ　アカイ」という文章では、赤い紙と赤い布を準備して、「赤い」という意味をとらえさせ、さらに青色と対比させて、赤色を理解させました。できるだけ具体物を用いることが効果的だと思います。

さらに、音楽では、教材「夕焼け小焼け」を取り上げて、国語で学んだことを想起させ、その中で「赤い」夕日について想像させながら、歌唱指導をしました。

指導法と併せて、特に大事にしたのが子どもたちの学習や生活規律の定着です。

本を読む時の姿勢は、背筋を伸ばすことが大事です。指導しなければ子どもたちはかがむような姿勢で本を読むものです。三〇㎝の物差しを顔と本の間に持っていき、絶えず距離感をつかませるようにしました。また、挙手をするときは、指先をピンと伸ばすことも心掛けさせました。

清掃はいつも子どもと一緒に取り組み、その中で手順などを細かく指導していきました。体の弱い子などは、窓ふきなど無理のない仕事を担当させ、済んだら他の所を手伝わせるなどの配慮をしました。

昼食の時は、「頂きます」と「ご馳走さまでした」の食前食後の挨拶をさせました。感謝の心を持たせるためです。それまで朝鮮にはこのような挨拶の習慣はありませんでした。また、ぺちゃぺちゃと音を立てて食事をしないよう心掛けさせたせいか、子どもたちは大変行儀よく食事をすることができるようになりました。

子どもたちが小学校生活を送る上で、低学年段階で学習や生活面での望ましい態度をしっかりと身に付けさせておくことは特に大事だと思います。

また、朝鮮においては、面前で手鼻《てばな》をかんだり、痰《たん》を吐いたりすることが当たり前となっていたのですが、この習慣は衛生的にも、また、マナーに照らしても望ましくないと考え、やめるように指導していきました。

ところで、戦前は体罰も指導法の一つになっていたようです。男の先生方は、よく子どもたちを叩いて指導していました。これは、日本人の先生も朝鮮人の先生も同様でした。

例えば、運動場で腰を下ろすと男の子たちの中には、運動場の砂をかき集め、友達に投げつけるようなことがあります。このようなとき、男の先生は棒を準備していて、投げた子を追いかけ、お尻を叩いていました。なぜ、その行為がいけないのか、子どもたちに理解させるための努力や工夫がどれだけあったでしょうか。

男の先生のそのよう指導に疑問を感じた私は、子どもを叩いている場面に出合うと、「子どもを叩くだけではだめです。やり方をきちんと教えてください。そして、できたら褒《ほ》めるようにしてください」

と訴えました。以来、若い先生方で叩いて指導しているときには、廊下の窓からでも声をかけるようにしました。

私は決して子どもたちを叩いたりはせず、よくない訳をきちんと説明し、できるだけその子のよさを褒めるようにして指導を行っていました。つまり一人一人の人格を大切にするということです。相手が低学年の子どもでも、話すときは相手に「あなた」と言い、自分のことを「私」と言うようにしていました。

また、目上の人には敬語を使うことを教えました。言葉遣いについては普段の生活の中で教師が範を示すことが大事だと思います。

私の教育に対する基本姿勢は、「子どもは褒めて自信を持たせること」、「目標を持たせること」、「分け隔《へだ》てをしないこと」です。このことで、子どもの学習に対する意欲が高まり、保護者の信頼も増していくと考えます。

ある時、朝鮮人の先生に、

「親が先生のことを大変信頼していますよ」

と私に言われたことがあります。先にも述べたように、どの子にも分け隔てなく接し、一人一人のよさを認め、伸ばす指導を行ってきたせいかもしれません。

縁談

桀山浦南小学校に勤務し始め、まだ下宿生活をしていた頃のことです。藤井（仮名）という年配の代用教員の先生と一緒でした。満州《まんしゅう》の奉天《ほうてん》（首府）の日本人学校の校長をし、定年後は、実家の二日市《ふつかいち》（福岡県）で、のんびりと過ごされていたそうです。しかし、全羅南道の学務課に勤める友人の誘いで、朝鮮の子どもたちの教育に関心を持ち、再び教壇に立たれたというのです。

その藤井先生より、

「長男の嫁になっていただけないか」

と、息子さんとの縁談を持ちかけられました。その息子さんは、満州の奉天にある満州医科大学を卒業されて、同大学の附属病院で医者をされていました。

親として息子にいい嫁をと、満州はもとより、地元二日市でも一生懸命探されたそうですが、目にかなった人が見つからなかったそうです。そんな時の私との出会いでした。

しかし、当時我が家は経済的にやっと軌道に乗り始めた時期で、私自身家族を支えるのに精一杯でした。裕福な医者の家とでは、あまりにもつり合いがとれません。それでも、藤井先生は、

「ぜひ、長男の嫁に来てくれないか。息子は私よりよくできている。あなたには苦労はかけない」

と、たくさんの土産を持って、度々私が下宿しているお寺にまでも訪ねて来られました。

それほどまでに懇願される理由の一つは、私が亡くなった娘さんに似ていたこと。二つ目は、私の言葉遣いです。ほとんどの先生は、長く朝鮮で生活していたため、少々荒い言葉遣いだったのに対して、私は、長く内地で生活していたこともあり、言葉が丁寧だったようです。そこを気に入られたのだということがわかりました。

しかし、縁談を勧められる度に、

「私には姉がいますから、先に嫁《とつ》ぐわけにはいきません。また、医者の嫁になるようなお茶やお華《はな》などの教養は身に付けていません」

と、断り続けました。

私にまったく嫁に行く気がないことを悟られ、藤井先生もこの件をあきらめられました。そして、私はこのことを家族の誰にも話しませんでした。

榮山浦の町

榮山浦の町の中心には「市場」とよばれ、商いが行われる場所がありました。その名の通り、およそ十日に一回は、地元民による市が開かれ、賑わっていました。畑で採れた野菜や川や海で獲れた魚、自宅で飼っている豚の肉などが並べられていました。早めに学校から帰ることができたときには、時々寄っていました。

商業の面でいえば、移住してきた日本人が営む本屋、薬店、種物屋などの商店や旅館がありました。一方、朝鮮人の経営する店としては、呉服屋、魚屋などがありました。共に仲良く暮らしてしていたのが、印象的です。

私が勤務していた小学校のある羅州の榮山浦の町は、小高い丘になった所にありました。後に学校へはバスで通いましたが、光州高女で親しかった坂田さん（仮名）のお家は、榮山浦のバス停のある道路の向かい側にありました。父親がバス会社を経営していたことから、全羅南道でも指折りの資産家でした。

ところで、榮山浦の町に日本人は、どのようにして住み始め、何をしたのでしょうか。河野立夫氏より頂いた『榮山浦における日本人町の形成』に当時の様子が記されています。その資料は、今も私の手元に残っています。住居の建設について、一部を以下に紹介します。

＊『榮山浦における日本人町の形成』より

明治末期に榮山浦に移住した日本人たちは、榮山江の川の船着き場で降り立ちました。そして、「市場」を取り囲む湿地帯において、わずかに残った高台を見つけて居を構えた。しかし、商人たちは、勇敢にも川に沿った商業地に店舗を構えた。

この現象を見て、金京洙氏（朝鮮の地理・歴史学者）は、「日本人は『風水学』を気にしない」と指摘する。昔から洪水の被害を受け続けてきた朝鮮人の「風水」に関する執着は日本人の想像以上で、朝鮮人の住む地域は洪水の心配が絶対にない地点であった。

日本人の通性として、特に商売人は、風水思想よりも「商業上の交通の便」を重視し、湿地帯に治水工事を施し、居住環境を自らの手で変えたのである。

友清宅は、洪水に備えて、宅を二階建てにし、清水精米所は階下に舟を用意して洪水に備えたという。これらは、日本人の経済的合理性といえるが、清水茂氏は、精米所から出る埃と騒音を配慮し、町はずれの地を選び、精米所を開いたという。この町に、「最初にできた日本人町」が「元町」と命名されたようです。

列車が停まる榮山浦駅から町へ向かう途中に、この町のシンボルともいえる筑後川くらいの大きさの榮山江が流れていました。これまで度々洪水を起こした川ではありましたが、日本人の手によって川港が整備され、木浦などと結ぶ航路ができ、発展していきました。

架かっている橋は、木造だったように思いますが、大木が使われており、大変立派なものでした。おそらく日本から運んできたものと思われます。その橋の袂には船着き場がありました。

同じ資料から川港の整備について一部を紹介します。

木浦―榮山浦の航路は、榮山浦のみならず、榮山浦奥の光州、霊岩、康津などに通じる交通の大動脈であった。同航路の整備は、木浦商工会議所によって発起された。

明治四三年、榮山江の川にたまった土砂をさらえる浚渫《しゅんせつ》工事開始。木浦—榮山浦間の「榮山江航路」には、数カ所の浅瀬があり、往復する船が挫折する危険性があったので、木浦日本人商工会議所が全羅南道の道庁に申請し、全羅南道庁から七七〇〇円の補助金を引き出して航路整備が開始された。

明治四五年、浚渫工事の完了と共に、榮山江の要所に船の安全を図るための立標や澪標《みおつくし》が設置された。

この年、大土木工事が始められ、同年榮山浦で初めての大橋が架けられた。榮山江は、洪水で有名で、この工事と連動して橋の建設などが行われている。

大正三年、湖南《こなん》線が開通し、榮山浦駅ができると、駅前から大橋に通じる道路が架設され、交通事情が一変、橋のたもとのロータリーが交通の要衝となる。また、橋の下方に道庁からの補助金を以って、榮山浦の川港が整備された。船を繋ぐのに便利なように浚渫され、コンクリートの船着き場が建設された。

大正四年、榮山浦の港に灯台が設置され、港の整備は完了した。この灯台は、港を照らす一方、川の増水を計測する役目も兼ねていた。尚、この灯台は、内陸に設けられた唯一のものである。

鈴木恭次宅は、港の近くにあったが、氏は毎朝灯台に赴き、川の増水の記録を全羅南道庁に報告したという。増水は自動的にインクで記録されたというから、最新鋭の計測器が置かれていたようである。灯台というより水位記録塔というべき施設であった。

診療所の「熊襲《くまそ》先生」

教師になって一年半ほど経った頃のことです。こじらせた風邪が原因で肺炎になり、生死の境をさまよったことがあります。

村には、日本人と朝鮮人の医者がいました。日本人の医者は、道（県）の議員や果樹園の経営などに忙しく、往診してもらうことは困難でした。せいぜい薬をもらうことくらいしかできませんでした。肺炎を患った時、父は、朝鮮人の先生にも診てもらっておく方がいいと、診察をお願いしていました。その先生は気持ちよく往診してもらえることもあり、日本人の間でもとても評判のいい先生でした。朝鮮では珍しく、毛深い方だったので、みんなは本名でよばず「熊襲先生」と呼んでいました。

私の肺炎は、生命にかかわる深刻な状況だったようです。「熊襲先生」は、両親に、「今夜が山です。ただ、ここを乗り切れば、よい方に向かうでしょう。今晩は、自宅に帰らずこの近くにある私の借家に泊まるので、何かあったら遠慮なく呼びに来てほしい」

と告げて帰られました。

その夜、病状が悪化、父は急いで「熊襲先生」を呼びに行きました。駆《か》け付けた先生は、すぐに注射を打たれたそうです。そのお蔭で、私は危機的な状況を乗り越え、回復に向かうことができました。

　病状が回復し、来診された折に私は先生の前で両手を付き、

「こうして病気が治ったのは先生のお蔭です」

と感謝の気持ちを述べました。すると、先生は、

「いやいや違います。それは、お父さん、お母さんが一生懸命看病されたからですよ。両親に感謝してください」

と、話されました。

　病気が完治し、再び学校に復帰して、二か月余りが経っていました。

ある時、家庭訪問で担任して二年目になる三年生の李さんのお家を訪ねると、おばあちゃんが出てこられ、

「先生が病気になって死にそうだと孫から聞いて、とても心配していましたが、こんなに元気になって嬉しい」

と、私に駆け寄って抱きしめられました。

　近くにいた受け持ちの李さんが、

「おばあちゃん、離れんね。そんな汚い恰好《かっこう》で。先生の着物が汚れるよ」

と言うので、私は、

「そんなこと言うたらいかんよ。先生はね、本当のおばあちゃんみたいで嬉しいのよ」

と、言って聞かせました。


戦後、羅州を再訪した折、お土産を抱えて、肺炎にかかった時お世話になった「熊襲先生」の診療所を訪ねました。

しかし、転居されたのか、すでにそこに先生の姿はありませんでした。「熊襲先生」の愛称で呼んでいたせいか、本名を思い出せず、それ以上のことを調べることもできませんでした。「熊襲先生」は、私にとっては命の恩人です。

開戦

昭和十六年十二月八日、日本は真珠湾攻撃によりアメリカとの戦争に突入しました。しかし、校内でこのことが大きく話題になることはありませんでした。また、教育内容が特段変わるということもありませんでした。それは、一緒に生活している朝鮮の先生方を意識してのものだったのかもしれません。しかし、日本人の同僚の先生方は、朝鮮人の先生のいないところで、

「きっと日本が勝つよ」

と話し、そう信じていました。

しかし、私は、そうは思えませんでした。それは、浮羽に住んでいた頃、近所に住む友達の江崎ツネ子さんの体験談を聞いていたからです。

江崎さんの両親は若い頃、アメリカに渡り、ツネ子さんはそこで生まれ、育ちました。一家は、財を成して日本に帰ってきたばかりでした。アメリカで見たものは、日

本とは比較にならないほどの物質的な豊かさだったというのです。

「アメリカはね、金持ちの国よ。一家に一台車があるのよ。多いところは、三台も四台も持っているのよ」

その言葉を聞いただけでも、日本との国力の差は明らかです。当時、浮羽には、タクシー会社にかろうじて車が一台あるだけでした。日本がそんなアメリカを相手に勝てるとは到底思えませんでした。しかし、そのことは周りには話しませんでした。

開戦時の父の日記です。

「十二月、大東亜《だいとうあ》戦争勃発《ぼっぱつ》す。宣戦布告発布さる。米英の二国に対してなり。これと同時にフィリピン、南洋諸島、仏（フランス）領インドシナ、マレー半島に宣戦拡《かく》張《ちょう》されたれば、兵士の応召者数多く、民間の軍需工場に依頼されるもの数知れず。世は戦事一色に塗りつぶされたり。而《しこう》して物資は月を追うて減少なしたれば、物資の闇売買漸《ようや》く盛んになる傾向を現せり。余、有給無給の職を引き受けしもの八件に及び多忙を極め、暇なき情態となれり。但し、自宅商売の種苗の方は、ユキ子専任にし、薪炭《まきすみ》販売の方は、配給割り当て調停及び配給の折のみ。余が加勢し、他はユキ子これをなせり。家業多忙を極めるとともに生活の方は余裕を生ずるようになれり。ひとまず安定の域に達したり」

この時期、父のもとには仕事の依頼が次々に舞い込んできました。種苗や木炭の卸業、さらに商工会の理事など、多方面にわたる仕事に携《たずさ》わっていましたので、わが家が朝鮮の地において一番経済的に潤っていた時代ともいえます。

この年、「尋常小学校」から「国民学校初等科」へと改称されましたが、これまでと同様、通常私たちは「○○小学校」や「○○校」といったよび方をしていました。

運動会でのダンス指導と中国人の少女

夏休みには運動会のダンス指導のために女の先生の中から一人代表で、講習会に参加し、子どもたちに指導を行うようになっていました。内地と同様にダンス、つまり表現という領域を体操の種目の中に取り入れていたのです。ある年、「今年は私が行きます」と自ら希望し、光州での講習会に代表として参加しました。しかし、そこで習うダンスの種類は多く、一度には覚えられません。そこで、解説された本を購入し、ダンスを正確に理解して、子どもたちに教えました。一年から六年までに一つずつ、一・二年、三・四年、五・六年の低中高学年に一つずつ、そして、全校ダンスというように、子どもたちには三つのダンスを指導し、表現させました。

今でも、あの一年生の子どもたちがこれらのダンスをよく覚えたものだと感心します。

一年生のクラスの中に張基妊《ちょうきにん》という中国人の女の子がいました。中国人は、その子一人だけでした。家は中華料理店で、幼い頃母親を亡くし、いつも寂しそうにしていました。しかし、とても素直で、担任の私によく懐《なつ》いていて、手によくぶら下がってきたものです。私を母親のように感じていたのかもしれません。張さんは、ダンスがとても上手で、とてもはやく理解できました。そこで、運動場の指令台（朝礼台）の上にその子を立たせて示範させ、私は台の下から全体の指導をしていました。

全校ダンスの曲目は、「月月火水木金金」でした。戦時下にあったことから、内容はこのように勇ましいものが選ばれていたのでしょう。

その後、私が当校を去る時、張基妊が病気で亡くなっていたことを耳にしました。五年生の時に亡くなったというのです。まだ私は当校に在任中でありながら、担任からは本人の病気のことも、亡くなったことも聞かされていませんでした。彼女が幼くして亡くなったことと、彼女が亡くなったことをすぐに教えてもらえなかったことが、悔しくてなりませんでした。その死は、本当に信じられませんでした。

私はすぐに彼女のお墓を訪ねました。朝鮮のお墓は、土を盛った饅頭墓《まんじゅうばか》とよばれるものです。故人の名前が書かれていなかったので、子どものお墓らしい小さくて、や新しい墓を見つけ、そのお墓に参りました。元気だった頃の面影が偲ばれ、とめどなく涙がこぼれました。

尹《イ》戊《ボ》順《ジュン》のこと

義務教育であれば、入学してくる児童の年齢は一律です。私の担任学級は一、二年生女子の複式学級でした。しかし、この時期朝鮮ではまだ義務教育ではなかったため、入学時の年齢は六歳以外にも七歳から十一歳までの児童が少なからず在籍していました。年齢差があることの利点は、年上の子を手本にしながらクラスが高まっていくことです。その中で一番年上だったのが尹戊順でした。リーダー性のある子でした。年齢が高く、日本語もうまかったことから担任の私とも対等の会話ができました。よく私の所に来ていろいろな話をしてくれました。

ある日、職員室で男の先生が、

「尹戊順は、学校では一番のブスだね」

と話していたことがあります。私は、

「私も女性だから言うのですが、顔のことを言わないでください。顔で人格を決めつけるようなことはしてほしくありません。もし、先生が結婚されるときには、尹さんのようなしっかりした女性をもらったらいいと思いますよ」

そのように応えたことを懐かしく思い出します。

その後、彼女を四年間担任することになりました。

彼女が入学して三年ほど経った時のことです。彼女が突然、

「私、学校をやめようと思っています」

と、私の所に来て告げました。

「どうしてやめなければならないの。何か理由があるの」

と尋ねると、彼女は寂しそうに、

「実はお父さんの仕事がなくなって、学校への月謝が払えなくなったんです」

と言って、涙ぐんでいました。

「心配しなくていいよ。あなたの月謝くらい私が出してあげますよ。私のお小遣いの中から出してあげるから。私のお小遣いで大丈夫よ。ずっと学校に通ってね」

彼女は、少しだけ安心したような表情を見せました。

当時の学費は、さほど高いものではありませんでした。一世帯から小学校に一人通っている場合は、月額五五銭。二人の場合には、上の子が二八銭、下の子が二七銭でした。このことを家に帰ってどのように親に話したかわかりませんが、結局、私の支援を得ずに彼女はその後もずっと本校に通い、卒業しています。

日頃の私の子どもに対する接し方を認めていただいたのでしょうか、校長から任ぜられたのが入学する児童の面接でした。この面接官の仕事は、朝鮮人の先生とペアで行います。着任した年度の終わりからこの業務をずっと私が担当することになりました。

面接時、まだ日本語のわからない子どもたちですから、朝鮮人の先生から朝鮮語による質問の仕方を学び、子どもの答えでわからないときには横の席の朝鮮人の先生に尋ねながら面接を進めていきました。

この時記録した私の資料がその後の入学者選考のよりどころとなりました。入学後の子どもたちの様子を見ていて、面接時に記したこととほとんど変わらない結果が出ていたように思います。この面接官としての仕事が、少しの会話の中から子どもたちの気質や能力などを瞬時に判断する上で良い経験になったように思います。

祝賀行事と日章旗

昭和十五（一九四〇）年二月十一日（現在の建国記念の日）に国家的行事として紀元（皇紀）二六〇〇年の記念行事が開催されました。神武天皇が即位され二六〇〇年を迎えることを祝うものです。

奉祝国民歌「紀元二千六百年」　詞　増日好生　曲　森　義八郎

一　金鵄《きんし》輝く日本の　栄《はえ》ある光身にうけて
いまこそ祝へこの朝《あした》　紀元は二千六百年

あゝ　一億の胸はなる

（※紀元二千六百年を祝い、国民に詞を募り、つくられた歌で、二番、三番……と続く。金鵄とは、古事記や日本書紀の中に登場する「金色のトビ」のこと。戦で神武天皇の軍を勝利に導いたとされる）

国民歌としてラジオからよく流れていたので、今でもよく覚えています。

学校では、この日を祝い職員で子どもたち一人一人に配るためのお餅づくりをしました（**口絵写真**）。当時食糧も余り十分ではなかったので、餅米以外にどんぐりの粉なども混ぜて作りました。ただし、記念行事としての式典は行われませんでした。朝鮮の子どもたちにとっては、決して嬉しいものではなかったはずです。学校行事としては馴染まないという考えによるものだったのでしょうか。

式典は、父が神職の手伝いをしていた羅州神社において日本人だけで執り行われていました。

恒例の祝賀行事としては、「四大節」とよばれる国民全体で祝う大きな祭式が年に四つありました。一月一日の新年拝賀式（現在の元旦）。宮中では、四方拝ともよばれる祭式となっている）、二月十一日の紀元節（現在の「建国記念の日」）、四月二九日の天長節《てんちょうせつ》（現在の「昭和の日」）、そして、十一月三日の明治節（現在の「文化の日」）です。

この日は、学校でも厳粛にこれらの儀式が執り行われていました。奉安殿《ほうあんでん》（ご真影《しんえい》と教育勅語《ちょくご》が納められている小さな建物（**写真９**）から木箱に入った「教育勅語」が取り出され、校長先生が読み上げられていました。その間、全員低頭《ていとう》していました。白い手袋をつけ、恭《うやうや》しく扱っておられた校長先生の姿が印象に残っています。なお、次に勤務した月見小学校では、ご真影（天皇、皇后《こうごう》の写真）がステージの正面に立てかけられ、「ご真影奉拝《ほうはい》」の号令が教頭よりかけられていました。

写真９　月見小学校の奉安殿

また、週に一度は運動場で儀式としての全校朝礼が行われていました。内容は、校長先生や当番の先生のお話、校歌斉唱、ラジオ体操《たいそう》などです。朝鮮は雨が少ないので、集会などの場としてよく使用されていました。

四大節以外でも、月に一度は日章旗が掲揚されました。そんな時、朝鮮の先生たちはこの旗をどのように眺めているのだろうと、そっと横顔を見ると、皆寂しそうでした。

私は、日韓併合の経緯についてはあまり詳しく知りませんでした。朝礼の時の光景が気になった私は、家に帰って併合のことについて父に尋ねました。すると、

「当時の伊藤博文首相は、併合には反対だったけど、推進派の人たちに押し切られてしまったようだね」

と答え、それ以上のことは何も語りませんでした。しかし、伊藤首相は、その後、ハルビンで暗殺されています。

「おとっちゃま（お父さん）、併合に反対していたのに殺されるなんて可哀そうね」

そんな会話をしたことを憶えています。

（**編者注**：暗殺者は独立運動家の安重根。ただ、現場の状況などから併合強硬派による組織的な犯行説も一部に。併合はロシアの南下阻止を目的とする政策であった）

コスモス

この年、四年女子組を担任しました。四年生以上になると、学校の実習園で大根や白菜などの野菜を栽培していました。畑の肥料としては、下肥《しもごえ》（学校のトイレのし尿）を使っています。私はこれまで農業の仕事をしたことがなく、鍬を握ったことも、下肥を汲んだこともありませんでした。四年生以上の男子クラスでは、子どもたちを使ってこの仕事をさせていたので、その様子を見ておいて、自分でも桶を借りてきてやってみることにしました。しかし、なかなか重たくて一回あたりに運ぶ量はわずかずつでした。

そのせいか収穫された大根はみなゴボウくらいの太さの大変可愛いものでした。

「私が売ってくる」

年上の朴さんが自らそう言って獲れた大根を持っていきました。

数日後、朴さんは、

「お母さんが買ってくれました」

そう言って小銭を差し出しました。よそでは売れなかったそうです。貧相な大根では売れないのも仕方がないことでしょう。そして、朴さんは、

「お母さんがね。『下肥汲みを先生にさせるものじゃない』と言っていました。だから、もうしないでください」

と告げました。私は、

「あなたたちはまだ子どもでしょう。それに女の子だし……。だから、まださせられないのよ」

そのように話したのを憶えています。

翌年、低学年を担任することになり、私は思い出深い実習園を借りて花を植えるこ

とにしました。花だったらできそうな気がしたからです。父が種苗関係の仕事をしていたので、コスモスの種をもらってきました。その当時コスモスの花を朝鮮で見ることはなかったし、日本でもコスモスはそれほど多くは植えられていませんでした。西洋種の花は全体に少なかったように思います。

コスモスは大根と違って美しく咲き誇りました。そんなコスモスを両手にいっぱい抱え、職員室の真ん中の花びんに飾りました。

それを見た朝鮮人の教頭先生が、

「お嬢さんの仕事ってこんなものなんだなあ」

と笑いながら言いました。それなりに喜んでもらえたようです。花は、教室にも飾りました。

戦後(平成七年)、半世紀ぶりに栄山浦南小学校を訪ねたのは秋も深まった頃でした。すると、学校の周囲の道端や墓地の所にコスモスが咲いているのです。近くに人家はありません。これまで朝鮮にはなかったコスモスが学校の近くに秋風に揺れていました。あの時植えたコスモスです。私が実習園に植えたあのコスモスの種が風に運ばれたとしか考えられません。

コスモスがあの頃の風景や思い出を優しく包んで私を迎えてくれました。

戦地で夫を亡くした同僚とみちこちゃん

榮山浦南小学校に私より後に赴任された教師の一人に清水キミ先生がいます。五歳年上でしたが、日本人教師の中では最も親しく付き合った先生でした。

日中戦争でご主人を亡くされ、リューマチの義母と女の子三人（姉二人は小学生）、身寄りのない姪を引き取り、女六人の生活をされていました。

彼女は戦争未亡人（※当時、出征した夫を亡くした夫人をこのようによんでいた）ということで、総理大臣から官邸に招かれ、食事の接待を受けたことがあったそうです。この時期はまだ戦死者もそれほど多くいなかったのかもしれません。当時は、東

条内閣でした。出席者は胸に名札を付けていたことから、東条総理は、一人一人に言葉をかけられ、清水先生に対しては、

「清水さん、遠い朝鮮から来られて、本当に大変だったでしょう」

と労いの言葉をかけられたそうです。

「写真で見ると、軍服姿で何となくいかめしい感じだけど、本当は優しい方でしたよ」

と彼女は語っています。

　後に東京裁判で、敗戦国となった日本の戦争責任者としての裁きを受けたことで、今日の日本では戦争遂行のトップとしての厳しいイメージで彼をとらえている人が多いように思われますが、個人としては優しい方だったのかもしれません。

　清水先生の義兄（夫の兄）は、近くで精米所を営んでおり、夫を失った彼女の一家の支えでもありました。お米も分けてもらっていたそうです。

　ある日、お米をもらいに行くと、

「あなたの家族は女ばかりなのに、どうしてこうもお米が減っていくのかなあ」

と義兄は不思議そうに言いました。そして、

「米のことよくは調べたほうがいい。気を付けて見ておくように」と忠告しました。間もなくその原因がわかりました。雇っていた朝鮮人のおかみさんが、毎日米を掬《すく》って持ち帰っていたのでした。

このようなことがあって義兄は、

「女ばかりだからこんなことも起きるのでしょう。このままでは物騒だから、この際結婚したらどうですか。私が知っている人でいい人がいます」

と具体的な人物を紹介し、再婚を勧められたそうです。彼女は、しばらく考えさせてほしいと返事し、私に相談を持ちかけました。

「あなただったらどうする?」

彼女の問いに次のように答えたことを憶えています。

「あなたはそれでもいいでしょうが、娘さんたちはもう小学生ですよ。素直に『お父さん』と呼べるかなあ。赤ん坊の時期だったらまだいいかもしれませんが……。お母さん(義母)だって、我が子を戦争で失い、新たな男性が家庭に入ってくることについて抵抗はないでしょうか。親子の関係が難しいように思うけど。……私だったら結婚しません。『貞婦二夫にまみえず』という言葉もありますね」

　実は、この時の私の助言が彼女の人生を救うことになるのです。この後、二人とも全く予想もしない展開が待っていました。

　ところで、清水先生の娘三人の中で、次女のみちこちゃん（小一）は、学級担任でもないのに、私の姿を見つけるといつも「西見先生、西見先生」と駆け寄って来ました。実の母親のように慕っていました。

　そのみちこちゃんが伝染病であるチフスにかかり、入院することになりました。お見舞いに行きたいのですが、伝染病であるため、面会することはできませんでした。そのうち、清水先生も学校を休むようになりました。みちこちゃんの病状がひどくなったのでしょうか。

　ある日、みちこちゃんが亡くなったので、その日葬儀があることを学校で知らされました。すぐにでも駆けつけたい心境でしたが、担任している子どものこともあり、授業終了後、自宅に駆けつけました。

　すでに葬儀は終わっていましたが、みちこちゃんはそのまま布団に寝かされていました。死顔はとても安らかで、まるで眠っているようでした。清水先生は肩を落として、「本当は葬儀の後、すぐに火葬場に運ぶのですが、西見先生には一目会わせたいと思って、このままにしておいたのです。きっとあなたは来てくれると思って……」と絞り出すような声で涙ながらに話しました。

みちこちゃんとこのような姿で対面しなくてはならないとは夢にも思っていませんでした。私は彼女の小さな体にすがって泣きました。本当に短い短いみちこちゃんの人生でした。

創氏改名《そうしかいめい》と入隊志願

ここで、朝鮮の人たちの名字（苗字）のことを紹介しておきます。日本のように種類は多くありません。その中で特に多かったのが、金、李《り》、朴《ぼく》で、その他に孫《そん》、崔《さい》、文《ぶん》、呉《ご》、南《なん》など（日本語読み）がありました。男子と女子の名の違いはわかりにくかったのですが、女の子に見られる「姫《キ》」は、男の子にはないものでした。日本の女の子に使われた「子」にあたるもののようです。

ところで、日本による統治下、「創氏改名」という制度ができました。朝鮮名と日本名を持つことが許されたのです。勿論《もちろん》、自主的なものです。

受け持ちのクラスの中にも、日本名を名乗っている子がいました。その一人が、永《なが》富《とみ》玉《ぎょく》姫《き》さんです。

ある日、私にそっと自分の写っている写真を手渡しました。ランドセルを背負って写った写真です。当時、ランドセルは高級品でしたから、家は裕福だったはずです。もともとの姓は、「朴」です。色が白い、大人しく、少々甘えっ子でした（写真10）。

写真10　ランドセルを背負った1年生の玉姫さん

また、職員室でも、

「私、どんな日本名にしようかな」

と職員同士で楽しそうな会話がなされてい

ました。職員の中においても朴先生は「木村」、李先生は「森山」という姓を名乗っていました。日本が本当に嫌いであれば、自ら日本名を名乗るということはなかったはずです。

私たちの住んでいる町で、日本人と朝鮮人が争っている場面を見たことは一度もありませんでした。ましてや軍の命令による朝鮮人の強制連行といった話など、私の周りではまったく聞いたことはありません。もしも、そのようなことがあったならば、日本人と朝鮮人が折角より良い関係を築き生活している社会に大きな亀裂が走り、おそらく混乱を招き、場合によっては暴動に発展した可能性もあります。総督府も独立運動に発展することのないよう常に民心の動向には気を遣っていたと思います。

植民地という言葉は使われても、同じ人間として平等であったし、当地では皆仲良く暮らしていたのです。

朝鮮人の場合、入隊は志願によるものでした。

ある時、榮山浦南小学校の卒業生が、日本兵として南方の戦地に赴き、除隊後復員し、母校に挨拶に来たことがあります。自ら志願した彼の心意気に対し、日本人として本当に頭の下がる思いでした。

戦地を知らない女の先生たちが集まって来て、皆それぞれに、「戦争って、どのようなものですか」と興味津々《しんしん》で尋ねたことがあります。

彼が語った戦争とは、

「言葉では言い尽くせない恐ろしいものですよ。大砲の音、機関銃の音、その音に耐えていけず、気がおかしくなった戦友もいました。相当に肝が据《す》わっていないと、やっていけない世界です。女の人の行くとこじゃないです」

皆、急に黙り込んでしまいました。

朝鮮人であれば、本人が志願しない限り、戦地に赴くことはありませんが、日本人であればいつ召集令状が来るかもわかりません。すでに二人の男性教員が出征していきました。日本人男性教師が少しずつ少なくなっていく頃に起きた出来事です。

ある放課後のことです。本校に以前勤務していたという別の学校の朝鮮人の男性教員が職員室に入ってきました。そして、朝鮮人の先生と何か話をしていました。職員室には、日本人の男性教員はおらず、日本人の女性教員四、五名がいるだけでした。するとと、他校のその教員は、東原先生の所へ行き、

「今日本では、戦争で兵隊が戦死して、男の数が減っている。あんたも男が欲しかろう。私が、朝鮮人の男をたくさん紹介するよ」

と執拗に話しかけていました。性格がおとなしい東原先生はじっとうつむいて、押し黙っています。誰か間に入って、やめるように言ってくれる人はいないかと見渡すと、日本人の高齢の非常勤の事務官が仕事をしていました。しかし、その人は気付いているはずなのに、気付いていないふりをしているようでした。

私は、

「やめてください、そんな話は。ここは職員室です」

と強い口調で言いました。彼は、私の顔を見ると、次の言葉を呑み込んで、何も言わずにその場を離れました。

この一件については、当然のことを言ったまでと、さほど気にも留めていなかったのですが、次の学校に転勤した時、その学校の先生から、

「先生は、女性の立場からよく勇気を持って言われましたね」
と告げられた時には、他校にまで伝わっていたことに、むしろ私の方が驚きました。

〈編者注〉

＊創氏改名とは

「創氏改名」とは、日本の朝鮮総督府が一九三九年に朝鮮人に新たに「氏」を創設させ、「名」を改めることを許可するとした政策のことです。儒教文化圏であった朝鮮においては、先祖の祭祀を行う関係上、子孫は先祖姓を引き継ぐことから血統が個人の姓を決め（本貫）、夫婦別姓という状況にもなっていました。そこで新たに家族としての「氏」を設けさせ、家族としての概念を取り入れようとしたものです。それが日本風の氏でもよかったのです。一方、「改名」については任意であったといわれています。

創始改名については、満州に移住した朝鮮人が支那人（※当時の呼称。

中国人のこと）に差別を受けたことから、日本名を名乗れるように政府に要請したことに起因するとの説もあります。

兎狩り

昭和十八（一九四三）年、この頃になると南方戦線における日本軍の劣勢が伝えられるようになりました。一年生を担任してすぐの五月、日本海軍連合艦隊の山本五十六司令長官が、ブーゲンビル島上空で待ち伏せしていた米軍機の攻撃により、搭乗されていた飛行機が撃墜され、戦死（四月十八日）されたという悲報がもたらされました。山本長官は、英米との戦争に最後まで反対されながらも司令長官となってからは開戦時の快挙にもあるように責務を果たし、国民の人望は厚く、皆がその死を悲しみました。

六月五日に日比谷公園で山本司令長官の国葬が営まれました。その模様が各教室に備え付けられたスピーカーから流れました。私は、クラスの子どもたちに自習をさせ、その間教卓の横で、子どもたちに背を向け、ずっと泣いていました。

海の向こうでの悲惨な戦とは無縁であるかのように学校の中ではいつもと変わらぬ暮らしがありました。子どもたちが楽しみにしている兎狩りも冬の大きな行事の一つとして開催されていました。

兎狩りは、近くの山で全校一斉に行われました。まさにあの唱歌「ふるさと」の「兎追いしかの山……」です。朝鮮の山は、どこも冬の暖房のオンドルの燃料として山に生えている樹木を伐採して使うためにどこも禿山《はげやま》となっており、赤茶けた山肌《やまはだ》がむき出しになったり、草地になったりしている所が多かったようです。しかも、山は低くて小さなものばかりでしたから、兎狩りはこのような環境から行われるようになったのでしょう。山の麓《ふもと》から低学年の子どもたちが互いに手をつなぎ、草むらから跳《と》び出した兎を「ちょーい、ちょーい」と言いながら、山頂に向かって追い立てていきます。山頂付近では、高学年の子どもたちが互いに手をつなぎ、棒を持ち、待ち構えています。追いつめた兎をその輪の中に追い込むという捕獲方法です。

しかし、獲物の兎がいつもいるわけではありません。そんなときには、先生方が、家で飼っている兎をこっそり放していました。兎を提供した先生も内心辛かったのではないでしょうか。

つかまえた兎は、解体して野菜と一緒に炊き、兎汁として子どもたちに振舞っていました。しかし、一人分の兎の肉は、ほんのわずかだったと思います。

戦後、朝鮮の地を再訪すると、山には緑が蘇っていました。この頃の緑化事業をその後も受け継いで進めていったのだそうです。

〈参考資料〉

＊朝鮮の山々の緑化政策

日本が朝鮮を統治した頃の山々はどこも禿山だったといわれている。

一八八五年末から八六年にかけて、ソウルから沿海州へと徒歩で旅した口シアの軍人ジェロトケヴィッチは、次のような記録を残している。

「首都の周辺は山がちの砂地である。植生は至って貧弱で山には墓地や石碑があるが、灌木も草も見当たらない。見つけ次第伐採され、刈られてしまうからである。この地方は、全域にわたり地表が露出している」

朝鮮総督府は、国有林に対して造林する朝鮮人に対して、資金を貸し付け、造林が成功すれば、その土地を譲渡していった。禿山を立派な林にしてから「私有」にしてあげている。朝鮮の禿山を日本の山のような緑にしたいという強い考えが、トップの方にあったようである。

そこで、水原、大邱、平城の三ケ所に苗圃をつくり、播種している。すべての費用は、日本からの持ち出し金で行われているのである。一九一〇年、八月末までに日本が植えた苗木は、一八〇万本に達し、植えた山野は、五〇〇町強にあたるといわれている。日本からの技術指導員が無償で指導し、一方で「愛林」のパンフレットまでつくっている。

朝鮮では、これまで植林というものを全くしてこなかった。その理由は、冬季暖房（オンドル）のための無制限伐採と火田民（焼き畑農業に従事する農民）が多く存在していたために、伝統的に山林を大切にする思想がなかったからである。

また、国土の七割を占める民有林の禿山に対しても、砂防工事や植林を推進している。造林事業だけでも、一九三〇年を例にとっても、八十二万円に加え、道（県）費二百八十一万円強を支出している。植林事業に巨額の支出がなされている。山林所有者の九五％が朝鮮人であり、朝鮮人農家の五十六％が山林を所有することとなった。

砂防工事についていえば、一九三三年から四二年までの一〇年間で十五万二千町に砂防工事を施し、四二七四万円出費している。植林の数、なんと五億本である。（注11）

昭和十九年度がスタートして間もない四月下旬、校長より突然の異動を告げられました。この年度も私は一年生女子組を任されていました。

私はこの学校に愛着があるので、ずっとこのまま置いていてほしいと、涙で懇願しました。しかし、

「転勤先の月見小学校は、大変すばらしい学校です。しかも、先生の自宅からとても近いですよ」

と説得を受け、四年七か月間在任した榮山浦南小学校に別れを告げることになりました。

第四章　月見小学校

〔担任学級〕

昭和 19 年 5 月～ 20 年 3 月 …… 2 年生
〃　20 年 4 月～ 8 月 …… 3 年生

月見小学校への転勤

昭和十九年四月末に、栄山浦南小学校から日本人の児童が在籍する月見小学校に転勤することになりました（写真11）。召集令状が届いた男の先生の後任です。

本校は羅州にある日本人子女を対象とした唯一の学校であったことから「羅州小学校」ともよばれていました。校舎は、小高い丘の中腹にあり、羅州の町を見下ろすことができました。この場所から眺めた月がことのほか美しかったことから「月見小学校」という名が付けられたのだそうです。丘を登ると頂上にお宮がありました。

これまでと違って家から学校までは、歩いて二〇分足らずでしたから大変便利になりました。

父は、月見小学校への私の赴任がよほど嬉しかったのでしょう。わがことのように喜び、日記に記しています。

「月見校は、全南（全羅南道）に於《お》ける模範《もはん》校にして希望者多く、教員の各自相当運

写真 11　月見小学校正門（たくさんの桜の木が植えられていた）

動（※行政への働きかけなど）なしたり、しかるに運動一つせぬ瓏子が同校に転勤なしたるため、ほかの連中唖然《あぜん》となれり。女教員では主席なり。自宅寄りの距離も近く、通勤も便利となれり。九級俸なり。榮山浦南国民学校時代に真面目《まじめ》に勤めたるため、道の視学などに認められ栄転させられたものと思う」

月見校の児童の総数は、男女共学で二百五十名程でした。本校には、日本人子女を対象にした小学校に、朝鮮人を対象とした高等科が併設されていました。当時は、今と違って校長（高等科）や教

羅州（月見）小学校　校歌

作詞　時枝　清松
作曲　広瀬　四郎

一　錦城の峯は　み空にそびえ
松の緑の　変わらぬ姿
流れ尽きせぬ　榮山江に
羅州の平野　前にひらけて

二　古き歴史に　豊けき郷土
三白一青　名高きところ
鎮守の森は　東におわし
西に多宝の　寺は鎮まり

三　南山の丘に　学ぶわれら
大和おのこの　魂宿る
庭の桜に　心磨きて
土に勤しみ　腕《かいな》鍛えん

頭（五年生）も学級担任をしていました。女教師が低学年を担任し、それ以外は、男性教師が担任していました。本校の校歌は元校長によって作詞されたものでした。

私は、二年生の担任。女の子の大人しさに比べると男の子はすこぶる元気で、悪さん坊でした。それでも、子どもに対する指導は前任校と変わりません。

「あなたはすばらしい力を持っているから、努力したらきっとできるはずです」

そんな言葉かけを怠けがちな子どもにはよくしたものです。また、普段から基本的な生活習慣を身に付けさせていたせいか、同僚から、

「先生のクラスの子どもたちはすごいですね。先

生がいない時でも自分たちで黙って上手に掃除をしていましたよ」といった報告を頂いていました。

戦況悪化の中での研究発表会

当校は全羅南道における芸能科の研究指定を受け、その年（昭和一九年）の一二月に研究発表会が開催されることになっていました。戦時中ということもあり、勤労動員、軍事訓練など目まぐるしい日々の中での開催となりました。

開催に向け、職員は授業や学級の事務仕事が終わると職員室に集合し、研究内容の審議、発表練習、研究紀要作成のためのガリ版による印刷などの業務に追われる毎日でした。夜遅くなると、校長先生が提灯を下げて、女の先生方を自宅まで送られていました。

研究領域である芸能科には、家事、裁縫、手工（工作）、図画が含まれます。私は、家事を選びました。戦況も悪化していたことから、骨折《こっせつ》をしたときなどの副木《ふくぼく》の当て方を主な活動として取り入れました。

当日の発表会では、事前に医者にしっかり習ってから授業に臨んだせいか、参観者にも大変好評でした。授業を参観された心石警察署長が、

「西見先生の授業は大変良かった」

と校長に告げて帰られたことを後で聞き、大変嬉しく思いました。

厳しい時世ながら研究発表会には、全羅南道各地より多くの先生方が集まり、盛会《せいかい》裏《り》に終えることができました。

子どもたちの暮らし

当時朝鮮で生活していた子どもたちは、どんな生活をしていたのでしょうか。

終戦時、担任していた子どもたちはまだ小学校三年生で、学校生活を送ったのが低

学年期であったことから、どの子も記憶はあまり鮮明ではなく、断片的です。教え子の前田（旧姓）民子さんの回想の中から遊びや手伝いなどについて一部を紹介します。

――当時の時世を反映してか、男の子の遊びは戦争ごっこでした。戦争では負傷者が出てきます。そこで女の子の出番となります。

「けが人が出ましたー！」

「病人が出ましたー！」

と男の子たちが叫ぶと、女の子はさらしの布を持って行って負傷者役の子に手当をするのです。女の子にとっては、看護婦ごっこだったのです。近くの郵便局長さんのお家の広い庭が私たちの遊び場でした。

冬の寒い時には、体が温まるよう子どもたちの遊びも「おしくらまんじゅう」が多かったように思います。

長女だったせいか、家の手伝いはよくしていました。母が病弱であったこともあり、小学校二年生の頃から朝食の味噌汁づくりは私の仕事でした。具材には里イモをよく使っていました。これは、登校前の私の仕事となっていました。そして、六つ年下の弟をよく背負って子守をしていたのを憶えています。朝鮮人のお家にキムチやニンニクなどの買い物に行くときには事前に母から朝鮮語での会話の仕方を習っていくのですが、いつも到着する頃にはすっかり忘れていました。それでも何とか購入することはできていたようです。

昭和二〇年の二月に父が応召してからは、一層家の手伝いは増えていきました。家で勉強する時間はほとんどなかったように思います。

特に大変なのが水汲みです。三、四軒で一つの井戸を使っていました。ポンプがなかったので釣瓶《つるべ》での水汲みです。それをバケツに移し替えて、自宅の水がめに貯めていました。それを飲料水や炊事用として使うのです。お風呂用の水としては、井戸の所から家まで竹の筒を引いていて、それを利用していました。

学校のことはあまり記憶に残っていませんが、先生のことで忘れられないことがあります。朝鮮の冬は、本当に寒かったです。紀元節の日だったでしょうか、学校をさらに登った所にある神社ではよくお祝いの行事がありました。子どもだった私たちも先生に引率されて参加していました。

その日、余りの寒さにしくしく泣いていると、西見先生が、

「民ちゃん、どうしたの？」

と尋ねられました。その訳を話すと、先生は小さな声で、

「学校に戻っていなさい。裏門から入って職員室に行くと、大きな火鉢がありま す。表面の灰をどけると、火の付いた炭が出て来ます。そこで温まっていてくだ さい。そのうちみんなも戻ってきますからね。それから、このことはみんなには 黙っていてね」

そう言って、私を学校に帰してくださいました。このことがなぜか今も忘れら れません。

戦後、内地（熊本）に戻った時、担任の先生から、

「民子さんは、挨拶や本を読むときの姿勢、挙手の仕方などとても素晴らしい。 きっと前の担任の先生の指導が良かったのでしょうね」

そう言って褒められたことがあります。西見先生に担任していただいたのは低学

年の頃のことなので、詳しくは憶えていませんが、生活や学習についての基礎となる大事な指導を受けていたんだなあと改めて感謝しています。

昭和二〇年九月、終戦後すぐに前田さん一家は家財道具を売り払い、その資金で闇船に乗船し、日本に引き揚げています。途中台風のため、対馬に一週間ほど足止めになったそうですが、偶然にも上陸地の唐津で帰還の途にあった父親と出会い、その後の行動を共にすることができたそうです。

勤労動員と軍事訓練

戦況が厳しくなったことから、昭和十九年度より学習時間はさらに少なくなり、運動会も中止となりました。これまで運動会で応援席になっていた大きな階段（写真12）もサツマイモ畑になりました。そして、勤労動員なるものが、子どもたちに課せ

写真 12　運動会の観覧風景（昭和 18 年　月見小学校）

られることになりました。

小学生の勤労動員の一つに、農家の稲刈りの手伝いや果樹園の除草などの作業がありました。上級生は稲刈り。下級生は家から空き瓶《びん》を持ってきてイナゴ捕《と》り。稲束《いなたば》運びなどの力仕事は教員が行っていました。イナゴは、二、三日間袋に入れておいて、糞《ふん》を出し切った後、湯がき、砂糖と醤油《しょうゆ》で煮つめます。つまり佃煮《つくだに》にするのです。このような食文化は、東北地方など寒い地域に伝わる調理の仕方で、九州の人達にはなじみのないものでした。この佃煮は、常備菜《じょうびさい》ともなっていました。

ある日、一、二、三年生の児童をりんごの果樹園の下草取りに、引率したことがあります。

草取りの経験をしたことのない子どもたちは、遊んでばかりいます。そこで、棒で地面に学年や体格などに合った陣地をつくり、

「ここが松尾君の国ですよ。草を取って、きれいな国をつくろうね。きれいな国ができたら遊んでもいいよ」

一人一人に言い聞かせ、作業をさせました。すると、子どもたちは一生懸命草取りをし、果樹園は見事なほどにきれいになりました。

夕方、果樹園の持ち主が、学校へのお礼にと、大きな袋一杯に詰めたりんごを持ってきてくださいました。この時期、まだ赤く熟してはいませんでしたが、貴重なものでした。

すると、そこへ学校の近くに駐屯している部隊に所属し、連絡係として学用品などの調達に学校によく顔を出す兵隊のAさん（※以前、木浦の小学校に勤務していた時に応召）がやってきました。私はもらったりんごの袋の封も切らず、そのまま、

「皆さん方で食べてください」

と手渡しました。

「こんなに頂いていいんですか。有難うございます。兵隊はいつも皆腹をすかしているんです。みんなとても喜ぶと思います」

そう言って彼はボロボロと涙をこぼしました。

また、軍事訓練としては、男性の先生方の指導で竹やり訓練が行われました。竹やり訓練は、真竹《まだけ》の先を斜めに切って、校庭の木に藁をまいて、それをアメリカ兵に見立てて竹やりで突くものでした。私は、

「女や子どもがこんなもので向かって行って、アメリカ兵がやられると思いますか」

あまりにも馬鹿々しいので笑ってしまいました。私が言ったせいでしょうか、この訓練は一度でおしまいになりました。

級長の選任

新しい学年が始まると、各クラスで「級長」という役割を担う児童を決めます。今

でいうところの学級委員です。級長は、成績がよく、クラスの模範となるような子どもを担任が選任していました。

三年生に持ち上がった時、クラスで最も成績が良かったのは、山川君（仮名）でした。山川君は、父親は朝鮮人で、母親は日本人という家庭環境でした。

私はぜひとも山川君に級長をやってもらいたいと思い、校長先生の所に相談に行きました。

「山川君を級長にしてもらえませんか。成績も一番ですし、何事に対してもとても積極的に行動してくれます。クラスの模範になるような子です」

そうお願いしました。校長先生はちょっと困ったような顔をして、

「先生の気持ちはわかるけど、彼は日本人ではない。この学校は日本人の通う学校としてつくられている。勿論例外的に朝鮮の子どもも受け入れてはいるが……。日本人でない子を級長にすれば、保護者の方から文句が出ることも考えられるので、それはできないなあ」

と答えられました。

山川君自身、クラスで一番成績が良いことを自覚していたと思います。級長の名前を発表するのは、担任の役目でした。級長の氏名発表の時、私の顔をじっと見ていた山川君の寂しそうな表情が今も忘れられません。

実はこの後、山川君がもっと寂しそうな表情を見せる時が来るのです。終戦により日本に帰る友達と別れる時の切ない言葉と辛そうな表情を子供たちは憶えています。

ところで、日本人の子女を対象とした学校に勤務することで、榮山浦南小における朝鮮の子どもたちとの気質にある違いがあることに気づきました。子どもですから当然可愛いのは一緒ですが、月見小では、ほとんど喧嘩がありませんでした。私の目に映った日本人の子どもたちは、大変お人よしでした。よく言えば、寛大で平和的です。闘争心を表に出そうとしないように思えます。

ある時、一人の男の子が朝鮮の子を蔑《さげす》むような発言をしたことがあったので、

「○○君、あなたはそんなことを言っているけれど、朝鮮の子どもたちともしも喧嘩になったとしたら決して勝てませんよ」

と語ったことがあります。

朝鮮は、今は貧しいけれど、いずれ日本に追いつく日が来ることが予感されました。

朝鮮の地での警戒警報

戦況の方は一段と厳しさを増していたようです。校舎の傍の桜の木の根元には空襲への備えから防空壕が掘られました。高等科の生徒たちの作業によるものだったと思います。

授業中二度ほど警戒警報のサイレンが鳴ったことがあります。警戒警報とは、敵機の空襲の恐れがある場合に発令されるものです。その時は子どもたちを地区ごとに集め集団下校をさせましたが、機影を確認することはできませんでした。

また、夜にも一度警戒警報が発令されたことがありますが、かなりの上空を通っているのでしょう、かすかにその音が聞こえるくらいでした。おそらく八幡空襲へと向かう途中この地の上空を通過しているのだろうと父は語っています。

一方、音楽科の授業ではオルガンの鍵盤《けんばん》で和音を弾《ひ》いて、その音を当てさせるという学習があっていました。ドレミ……は外国の言葉というので、ハニホ……に直して、覚えさせていました。本校では、半分ほどのオルガンが使えました。この指導が何を意味するかというと、Ｂ29などの機種の違いによる爆撃機《ばくげきき》の飛行音を聞き分ける音感を育てるためのものでした。

それから間もなく男性教師に相次いで召集令状が届き、次々に戦地へと赴《おもむ》いていきました。そして、若い三浦校長もまた……。

応召した学級担任の補充として師範学校を卒業したばかりの若い男性が来ましたが、指導技術はまだ乏しいものがありました。女性教師の一人香川先生も母親危篤の報せに内地に帰りましたが、ついに戻ってきませんでした。この頃、戦況が悪化し、日本と朝鮮の間の海峡にアメリカ軍が機雷を敷設《ふせつ》したために渡航《とこう》が困難な状況になっていたことを後で聞きました。

このような職員の状況から、経験年数の少ない私でしたが、学校内で自ずと中心的役割を担うことが多くなりました。

写真 13　校庭での全校朝礼の様子（月見小学校）

香川先生の後任の補充についても、女子は、挺身隊《ていしんたい》（未婚女性を主とした勤労団体）にかり出され、代用教員を探すのも困難な状況だったようです。女子も労働力不足を補うために工場などで働かねばならないような状況になっていたのです。そのような中で、本校においては、自然に私が指令台（朝礼台）に上がり全校児童を指揮《しき》する場が多くなっていきました（**写真13**）。

家に帰ると、父がからかうように、「今日はお前の声がよう聞こえよったぞ」と、言いました。その頃父は、学校の近くの会社に勤《つと》めていました。

日本本土は、連日のように米軍機の爆撃を受け、都市部は壊滅《かいめつ》的な被害《ひがい》を受けていたのですが、ここ朝鮮の地では、そのようなことはなく、戦況の悪化を直接肌で感じることはありませんでした。もちろん空襲警報も、防空壕を使うことも、一度もありませんでした。

戦後、朝鮮政府と連合軍との間で、朝鮮半島は爆撃しないという密かな取り決めがあったとも聞きました。

（**編者注**：『竹林はるか遠く』の著書の中では、戦争末期朝鮮北部の工業地帯が連合軍により爆撃を受けていたことが記されている。南部は、農業地帯であったことから、その必要がなかったのかもしれない）

父はこの時期のことを次のように記しています。

「旧暦《きゅうれき》一月、二回にわたり名古屋方面に大震災あり。日本の軍需品《ぐんじゅひん》製作にて震災の被害《ひがい》は、甚大《じんだい》にて生産率中絶の状態となり、作戦上大打撃を蒙《こうむ》りたるは、察《さっ》するに難しからず。ついに敵はフィリピンに上陸せり。昨年来、飛行機、潜水艦に輸送を杜絶《とぜつ》され、補給《ほきゅう》できず。同島もついに大敗北。その他ニューギニア島、南洋方面の諸島をもラバウルを除き、ほとんど攻撃され、兵隊の犠牲莫大《ぎせいばくだい》となれり。また、太平洋方面も同様のありさまにてサイパン島や硫黄島《いおうとう》の玉砕《ぎょくさい》に続いて、琉球列島も攻撃されるに至れり。この琉球や硫黄島に基地を置き、B29の大編隊の内地都市の爆撃は、月を追うて増大なりたり。海においては、潜水艦の活動。軍隊輸送の船は、次々に撃沈され、戦場の航行輸送もまた至難《しなん》となれり。

外国ラジオによる戦果実況放送は事ごとに日本敗退の報にて鮮人の知る所となり、鮮人の思想、また月と共に悪化し、排日の気風濃厚《のうこう》となれり。学徒の出発。予備隊《よびたい》や予科練《よかれん》、学生の作業奉仕、挺身隊《ていしんたい》など学科はそっちのけにて軍需工場の応援なり。四五歳以下の男子にて国民兵に編入されし者までほとんど召集されるに至れり。農民には食糧増産を督励《とくれい》し、果樹、桑園《くわえん》まで切り倒《たお》し始めるに至れり。内地における農業は老人、女、子供が担当し、作業するに至れり。曰く、勝つための戦争と云う。四国の島々は、ほとんど攻撃《こうげき》されしにより内地、朝鮮に上陸せしめ、一撃に撃滅《げきめつ》する作戦なりと宣伝されたり。女、子供に至るまで竹やりの稽古《けいこ》をさせられたり、寧日《ねいじつ》なく（※

毎日）行われる防空演習も一度敵機の襲撃を受ければ、灰燼《かいじん》となるにすぎず、富の差と科学の差がかくも無惨《むざん》な結果に終わるかとつくづく考えさせられたり。頼《たの》みに思う大和魂《やまとだましい》も科学の前には役立たず。神助《しんじょ》（奇跡）の神風も吹いてはくれず。ただ慨嘆《がいかん》あるのみ」

夜空に散った命

家の近所に弟の一番の親友で岡清《おかきよし》という男の子がいました。家は食料品店を営み、母一人で、六人の子どもを養っていました。長男は、後に東大を出て銀行に、二男は江田島の海兵として入隊されるなど、皆優秀でした。清君は、三男でした。よくうちに来ては、こたつで弟と楽しそうに話をしていました。私が、学校から早く帰ってくるようなことがあると、二人にお茶を出していたものです。

その後、弟は中学を卒業すると、近くの学校で代用教員を務め、清君は航空兵を志願し、入隊しました。

夕食の時、母が、

「清君に召集令状が来たので、部隊に帰られるそうだよ」

と、つぶやくように言いました。

数日経《た》った月のない晩のことです。清君が一人で訪ねてきました。弟は内地に帰っていていなかったので、母と二人、玄関で彼を迎えました。

「おばさん、今日は、お別れの挨拶に来ました。召集令状が来たので、僕は部隊に帰ります。欣《きん》ちゃん（弟）によろしくお伝えください。おばさんも元気でね」

清君を見送るために、母は急ぎ足でその後を付いていきました。心臓に持病のある母でしたから、このような動きをするのを見るのは初めてでした。

私は彼の後ろ姿を見て、（清君は死ぬ）と直感しました。ぼんやりとした街灯の明かりに浮かぶ二人の影をカーテンの陰に隠れて見送りました。（清君、命を大事にしてね。死んではいかんよ。お母さんがそう願っているよ。）これが清君の見納めかと思うと、涙がとめどなく流れてきました。駅への見送りは、私の母一人でした。

本来出征していく時の見送りは、盛大なものです。しかし、見送りをする人たちの中に反日思想の朝鮮人グループが紛れ込み、応召者数を把握していたことがわかったために、悟られぬよう家族が見送ることはほとんどなく、また、本人自身も軍服姿ではありませんでした。

それから間もなくのことです。母が、

「聞いた話だけど、清君ね、……亡くなったそうだよ」

と、沈痛な表情で家族に伝えました。

数日前、夜間に大阪方面で米軍の爆撃機による空襲があった時のことです。その時、大阪の部隊には日本の戦闘機はただの一機しか残っていませんでした。実はそれが、清君の飛行機だったのです。彼は残ったその一機に乗り込み、B29を中心とする敵の編隊に向かって飛び立ちました。夜空の空中戦。他の隊員は、それを見届けることしかできませんでした。やがて、赤い炎に包まれて一機の飛行機が墜ちてきました。部隊のみんなには、それが清君の飛行機であることがわかりました。

たった一機でどんなに心細かったことでしょう。その話を聞いて、父も、私も、そして、家族みんなが泣きました。

（**編者注**：B29による大阪方面の夜間の空襲は終戦の年に、三月、七月の二度行われている。岡君が亡くなったのは、七月の空襲の時と思われる。三月の時は二七四機の編隊、七月の時は堺市一帯が被災しており、この時は一一六機であった。夜間空襲は、二千mの低空から行われており、一般家屋を狙った無差別攻撃だった。先導機がナパーム弾［大型の焼夷弾］で大火災を発生させ、それを目印に後続機がクラスター焼夷弾を投下する形で行われた。大阪では、度重なる空襲で一万人以上が亡くなっている）

江田島にいた清君のお兄さん（二男）もまた、戦地に赴き、帰らぬ人となりました。弟は、親友の戦死の報に接してか、後に自分も海軍の幹部練習生をめざしました。父にとっては一人息子（男の子は他に二人いたが共に病死）でしたから、兵隊にはやりたくなかったと思います。しかし、最後には諦《あきら》めていたようです。

弟が特別幹部練習生の試験に合格し、鎮海《ちんかい》（慶尚南道南端に位置する港町）にある海軍の部隊に入隊する日、駅への見送りは家族では私一人でした。母は、誰も留守がいないと不用心だからと見送らず、父は会社に行ったままでした。両親共別れが辛かったのだと思います。

小さくなっていく列車に、(欣《きん》ちゃん、死んだらいかんよ) と心の中で叫びました。

息子を出征させる母親の気持ちがわかるような気がしました。

最後のクラス写真

昭和二〇年八月、学級委員をしていた池田君と辻さんが急に転校することになりました。それぞれ父親が銀行、金融組合の支店長をされており、転勤に伴うものでした。

お別れの日、

「あなたたちだけでも残れないの」

クラスをまとめていた二人だっただけに、つい悲しくなって、そう語りかけました。

もちろん無理なことです。二度とこの子たちには会えないだろうと思いました。二人を忘れないために……。その時浮かんだ考えは、クラスのみんなと一緒に写真におさまるというものでした。この町に朝鮮人の写真屋さんが一軒あるのを思い出しました。徒歩で一〇分程度の距離です。

すでに子どもたちは帰りの支度をしていました。私は、教室に子どもたちを待機させ、靴を履く間も惜しんで、裸足で学校の外に飛び出しました。写真屋へ着くなり、ご主人に、

「大事な大事な写真です。どうかクラスの子どもたちの写真を撮ってください」

とお願いしました。しかし、写真屋のご主人は、

「残念だけど、戦時中で写真を撮るための材料が手に入らないのです。仕事もできない状態なんですよ」

と申し訳なさそうに答えました。

その時、私はこの写真屋さんと父とが仲良しだったことを思い出しました。

「父は、西見省三と言います。父のよしみでどうか助けてください」

「ああ、あの西見さんのお嬢さんですか。それでは、何とかしましょう。あと一枚だ

けは何とかなるでしょう」

その言葉に、私は両手を合わせました。学校へと駆けていく私の後ろを写真屋さんは、写真機と機材を抱え、急ぎ足で付いてきました。教室で待っていた子どもたちに、

「今から写真撮影をするので、玄関の前に並んで」

と指示しました。靴を履く間もなく、子どもたちは皆裸足で集合しました。転校していく池田君だけは、すでに準備をしていたのか、下駄を履いて写っています（口絵写真）。

そして、間もなく終戦となり、学級の子どもたちとは別れ別れになってしまい、この写真は大変貴重なものになりました。

この時、写真屋さんから頂いた二枚の写真のうち一枚は、私の手元に、もう一枚は私のクラスに在籍していた三浦校長先生の息子さん（二男）に渡しました。

戦後、私の手元にあった写真を複写し、多くの教え子たちに配ることができ、同郷会では当時を懐かしむ大切な資料の一つになったのです。

私が、裸足で写真屋に駆けたのも、あるいは心のどこかで間もなく訪れるであろう終戦のことを予期していたのかもしれません。

敗戦の日

昭和二〇年。月見小学校、二年目となりました。昨年の学級を持ちあがり、三年生を担任していました。本来ならば、七月に入れば、夏休みを迎えることになるのですが、その年はなぜか夏休みの開始を告げられませんでした。校長代行の教頭にその訳を尋ねても明確な返事は戻ってきませんでした。

そして、八月のお盆。一三日に教頭にも召集令状が届きました。一学期は一五日までであることや学校全体での終業式は行われないことが知らされました。

一五日、大掃除を済ませ、一人一人の児童に一学期の通信簿を渡し、下校させた後、職員室へ向かって廊下を歩いていると、校長官舎のラジオから「君が代」が流れてくるのが聞こえました。（おかしいな、祝日でもないのに）と不思議に思いました。

職員室では、児童を下校させた職員が和やかに話をしていました。

すると、そこへ警察署長の息子で、六年生の級長を務めていた心石《こころいし》君が突然泣き

ながら飛び込んできました
「日本が負けた！　日本が戦争に負けたよ！」

「それ、本当？　本当のことね？」

皆口々に尋ねました。

「お父さん、お母さんが、天皇陛下のラジオ放送を聞いたんだよ。日本は、負けたって」

職員一同、わっと泣きくずれました。皆、茫然自失《ぼうぜんじしつ》の状態でした。

でも、やはり心石君は子どもです。しばらくすると、

「ぼく、おなかがへってきた」

と言って帰って行きました。

今思えば、この日に一学期が終わったことは、行政のトップの方では、すでに予定されていたことのようにも思われますが、本当のことはよくわかりません。

その日の夕刻、学校の近くでドーンという大きな音がしました。それがなんなのか誰にもよくわかりませんでした。

「今夜はみんなで学校に泊まりましょう」

私の提案で、職員は全員その夜は学校に宿泊することにしました。校舎に放火などがないように警備に当たるためです。そして、校長官舎では夫を待つ奥さんが小学生の女の子と乳飲み子を抱えて暮らしていましたので、少しでも心の支えになってあげたいという思いからでもありました。

夜、校舎の外に出て、羅州の町を見下ろすと、

「マンシー　マンシー（万歳　万歳）」

と叫ぶ声が風に乗って聞こえてきました。町のどこかで集会があっているのでしょう。

翌日、学校の近くに駐屯する部隊の兵隊が葬儀用に学校のテントを貸してほしいと頼みに来ました。私は、昨日の音がそのことと関係があるのではないかと思い、尋ねると、

「実は、一人の兵隊が敗戦を知って、近くの畑で自決したんです。その時の手榴弾の音だと思います」

とその兵隊は答えました。

流言飛語と青酸カリ

八月一七日、心石警察署長が黒塗りの車で来校されました。目的は、ご真影の回収でした。しかし、学校には私以外誰もいませんでした。

ご真影の納められている奉安殿《ほうあんでん》には鍵がかかっています。署長を外に待たせて、校長室などを隈《くま》なく探しました。そして、やっとそれらしき鍵《かぎ》を見つけることができました。私は、署長が奉安殿の鍵を開け、ご真影を取り出される間、不動の姿勢で待っていました。

「なぜ、ご真影を持って行かれるのですか」

と署長に尋ねました。

「ご真影が心無い朝鮮人に乱暴に取り扱われることのないよう事前に回収しているのです」

「それでは、回収されたご真影はどうするんですか」

「全羅南道の署長会議で、道庁に集め、燃《も》やすことに決めたのです」

「燃やしてしまうんですか！」

私は、その場に泣き崩《くず》れました。本当にこんな悲しいことはありませんでした。これまで大事に大事にしていた天皇皇后両陛下《てんのうこうごうりょうへいか》の写真です。署長も黙ってじっと頭を下げたままでした。

その後、署長は反日的な部下たちによって逮捕され、留置場に入れられているという話を聞きました。

敗戦後、不安を掻き立てるような噂が流れました。日本人は、羅州川（榮山江の上流）の土手に並ばされて銃殺されるというのもその一つです。この時期、皆が不安と恐怖に包まれ、生活を送っていました。しかし、一方では羅州には日本の部隊が駐屯していたこともあり、大丈夫だろうという話も伝わっていました。

そのような折、若い男性教員が、

「理科室に青酸カリがありました。いざとなったらこれを飲んで潔く死にましょう」

と言って、職員全員に紙包みを配りました。包を開けた時の粉末の美しい水色が今も鮮やかに瞼に残っています。その時私は死ぬということを少しも怖いとは思いませんでした。

その後、児童のいなくなった教室には、田舎から避難してきたという家族が数世帯寝泊まりをしていました。一刻も早く日本に帰ることを皆望んでいたのでしょう。数日経つと、彼らの姿も消えていました。闇船を使って、日本へ向かったものと思われます。

結局、銃殺の話はデマだったのか、その後身の危険を感じることはなく、青酸カリを口にしなくてすみました。しかし、今思うと青酸カリのような毒物が本当に理科室に置かれていたのかどうか疑問に思えます。

〈**編者注**：昭和二〇年八月、旧樺太【現在のサハリン】に勤務していた九人の女性電話交換手が、迫りくるソ連軍の侵攻を目前に最後まで交換台を守りつつ、揃って服毒自殺を遂げている。この時用いられたのが青酸カリであった。終戦の時期、青酸カリが外地に住んでいた日本人の間に多く出

回っていたのではないかと考える。時に及んでは、自ら死を選ぶことを想定してのものであろう）

敗戦に伴う朝鮮の社会の変貌《へんぼう》を、父は感慨《かんがい》深く次のように記しています。

「国民に対する重大ニュースとして陛下御自ら終戦の詔勅《しょうちょく》ありたり。此処《ここ》に無条件降伏《こうふく》発表せられるや国民斉《ひと》しく気抜け状態となれり。軍人など悲痛《ひつう》の念禁じ難《がた》く、自決したる者数知れず。数年間頑張り続けたる戦争も此処《ここ》に敗戦国の焼印を捺《お》されて終局したり。日本国敗戦とともに鮮人の態度一挙に変わり、昨日まで優越感《ゆうえつかん》に浸《ひた》りし日本人も敗戦国民として、遇されるに至れり。昨日まで従僕的《じゅうぼくてき》鮮人は、俄然《がぜん》位置を変えて優位に直り、排日主義者を以て幹部とし、独立委員とし、青壮年は、保安隊を編成し、警察の武器を横領《おうりょう》し、武装成したり。彼らは事毎に排日思想を鼓吹《こすい》したれば、日を追うて態度変化し、無政府状態となりて、内地人に対する圧迫甚《はなは》だしくなれり。各方面の風評《ふうひょう》は内地人の危難《きなん》を受けし者相当あり。生命さえ奪《うば》われし者さえありといえり。しかし、羅州には日本の部隊ありて、これらを警戒《けいかい》し、内地人を保護したれば、生命の点は安全なりしなり。しかし、彼らの横暴は甚《はなは》だしく、内地人の切歯扼腕《せっしやくわん》する者ありたれども、後難《こうなん》を思うて耐え忍びたり。渡鮮何十年、或《ある》いは二世や三世となりし者、または朝鮮を墳墓《ふんぼ》の地と定め、永住の覚悟《かくご》にて住居せし者も不動産は無論放棄《ほうき》し、わずかばかりの財を持ち、引き揚げねばならぬこととなりたり。資産《しさん》は没収《ぼっしゅう》なり。内地へ引き揚げねばならなくなりたり」

別れ行く教え子たちへ

同僚の先生方も、身の危険を感じてか、挨拶もせず一人消え、二人消えと、次々に出勤しなくなりました。

「先生、あなただけは最後まで私と一緒に学校に残ってくださいね」

香川先生の後任として、同じ羅州邑にある大正小学校（朝鮮人を子弟を対象としている）より本校に着任した若い女性教員の北山（仮名）先生にお願いしました。こうして私たち若い二人が残務処理にあたることになりました。

学校には女性二人しかいなかったせいかどうかはわかりませんが、日本の兵隊数名(小隊規模)が月見校の裁縫室に寝泊まりし、警備にあたっていました。それでも私は、念のために近くの神社のご年配の神主の方にも時々学校へ来ていただくことをお願いしました。私たち二人は、ただひたすら戦地からまだ戻らぬ校長を待っていました。

ある時、部隊(小隊)の留守役の年若い兵隊が職員室に黙って入ってきました。その馴れ馴れしい態度に、私は、

「職員室に黙って入るものではありません。入室するときは、『陸軍二等兵〇〇です。入ってもいいですか』と自分を名乗って、了解をもらってください」

と厳しく指摘しました。すると、彼は、私の言葉に気押されたのか、

「ここの女は威張っているね」

と、少し顔をしかめて言いました。私は、

「いいえ、威張っているんじゃない。それは、決まりだからです。ここは、遊ぶところじゃないんです」

彼は、一層顔をしかめ、仕方なさそうに部屋を出ていきました。

子どもたちですら、職員室に入るときには、

「〇年〇組〇〇〇〇入ります」

と、一言挨拶してから入るのが常識的なルールになっていたのです。

終戦によって、子どもたちも次々に内地へと引き揚げていきます。このような場合、転校書類は不要なのですが、学校にそれをもらいに来る子もありました。

北山先生は、教室に籠《こも》って父親が手に入れたという反物でせっせと着物を縫っていたので、職員室に詰めて転校書類を作成し、一人一人の児童に渡すのは、自ずと私の仕事になっていました。私は出校してくる児童に転校書類を書いて手渡しました。担任していた児童は校門で、担任していない児童は下駄箱の所で見送りをしました。総勢三十名くらいはいたでしょうか。

その中に担任していた藤井君の二つ上の兄（小学校五年生）がいました。弟の分を一緒にもらいに来たのです。

下駄箱の所で別れる時、

「これからどんなに辛《つら》いことがあっても頑張りましょうね」

と、言葉をかけました。

後に同郷会で藤井君（兄）と再会した時、

「先生のあの一言が、僕のその後の人生を支えてくれました」

と、私に語ってくれました。そんな彼もその後、病のために帰らぬ人となりました。

地元民からの永住の嘆願

ある日、羅州の私たちの家に、洞江面で農園を営んでいた頃の農民たち（地元有志）がやってきました。二四㎞の山道を歩いてやって来たのです。父への恩義を感じてのことだったようです。この時のことを父の日記から探ってみます。日本の敗戦を機に、私の家族と当地の人々との関係はどうなったのでしょう。

「終戦後、鮮人の思想悪化すれど、一面理解ある鮮人の一部は同情し、ここに巡りて何くれとなく、面倒を見る者もありたり。余等（※私たち）としても数十年鮮人の世話もしているとて、恩義《おんぎ》を知る者もありて何ら圧迫は受けざりし、また、洞江面の有志五、六名は内地に帰りても食糧その他事情にて困るだろうから洞江面に来たり永住されたし。家屋や土地などは都合し、生活に困るようなことはせぬ。即ち、大戦前からの恩顧《おんこ》に報いたしと洞江面から六里の山道を通ってわざわざ来たり、申し入れたるも、内地人は一応引き揚げることになっておれば、一応この際は帰るとし、後日講和の結ばれ、往復できるようになれば、その節は再会されるべし。好意を謝《しゃ》すと共に、一般面民（※村人のこと）によろしく伝えてほしいと云いたり。結局、彼らに好意を与えていた者は無難《ぶなん》に、悪心《あくしん》を与えし者はひどい目にあわされしことになりぬ」

洞江面の地元の有志たちは、

「今、日本に帰っても住む家や食糧に苦労されるでしょうから、このまま朝鮮に残られたらどうでしょうか。いい仕事も私たちが見つけますから。私たちは、西見様のこれまでの御恩を忘れてはおりません」

そう言って、引き留めたそうです。しかし、父は、

「皆さんの気持ちは大変有難いが、この際は日本政府の方針に従って帰国します。いずれの日にか、また羅州を訪ねることもありましょう」

と告げています。また、この時、彼らによって建立された頌徳《しょうとく》の記念碑をどうするかについての相談があっています。心無い朝鮮人にいたずらをされたり、破壊されたりするようなことがあれば、申し訳ないし、地元民としても辛い。そこで、案として出たのが、石碑を地中に埋めるということでした。父もまたその案を快く受け入れました。皆いつの日にかまたその地に堂々と姿を現すことのできる時代が来ることを願っていたと思います。今も頌徳碑は、朝鮮の地に眠っていることでしょう。

いつも「セゲンゴン（西見様）セゲンゴン（西見様）」とよばれていた父でした。当地の人々に慕われ、尊敬されていたことを物語る出来事だったと思います。

引き揚げに向けての準備

海軍に入隊し、鎮海《ちんかい》に配属されていた弟も、敗戦により除隊《じょたい》となり、八月末に羅州の私たちの所に戻ってきていました。

私の勤務する小学校に訪ねてきて、

「姉《ねえ》ちゃーん」

と、手を振る弟の姿を見た時は、その身を案じていただけにどんなに嬉しかったことか。引き揚げ時には、弟のお蔭で、布団や毛布などの大きな荷物を運ぶこともできたし、本当に心強い存在でした。

敗戦により、日本人は家、財産などそのほとんどすべてを朝鮮に残して日本本土に引き揚げることになりました。所持品は、持てるだけの荷物と、現金千円だけでした。それ以上の現金の持ち出しはできませんでした。違反すれば、罰則《ばっそく》を科せられるようになっていたので、家族の他の者たちは決まり通りにするように言いはりました。しかし、決まり通りの金額《きんがく》では、帰国しても生活に不自由することは目に見えています。少しでも多く持ち帰る必要があります。

当時、お金は羅州の郵便局や朝鮮の銀行、金融組合など、五か所に預けていました。郵便局であれば、朝鮮にあっても郵政省の管轄《かんかつ》下にあると考え、

「この際、朝鮮の銀行や金融組合から下ろせるだけ下ろして、郵便局に預け直すか、紙幣で持って帰りましょう。紙幣や通帳は、服をほどいて、中に縫い込みましょう。もし、それでも見つかったら、私が家族を代表して朝鮮に残ります」

と、渋る両親を説得し、現地の銀行に顔を覚えられないよう母と交替で通い、お金を少しずつ引き出しました。日本の敗戦という状況下、現地朝鮮の銀行はお金の引出しについては、制限をかけていました。

引き出した紙幣や通帳は、皺々《しわしわ》に揉み、通帳は折り目の所で切り離して、服の中に縫《ぬ》い込んでいきました。帰国後、このお金がどれほど役に立ったかわかりません。非常時には最悪の状況を想定して行動すべきというのが私の強い思いです。

また、アルバムも貴重です。しかし、結構な重量になります。そこで、アルバムか

ら写真を一枚一枚引きはがし、持ち帰ることにしました。そんな私の様子を見て、父は、「やめとけ、やめとけ。また、ここには戻ってくるから置いとけ」と言いましたが、私は手を休めませんでした。生活物資優先の中、写真などは無駄《むだ》なものと思えたのかもしれません。しかし、朝鮮での暮らしの証として、思い出は貴重ですが、ほとんどの人は写真を持ち帰っていなかったのです。この写真がその後の同郷会でどれほど役に立ったことか。当時の懐かしい思い出に花が咲き、楽しいひとときを過ごすことができました。

その頃父はどのような引き揚げの準備をしていたのでしょうか。

「我々引き揚げ準備にかかれり。早き者は、この月に闇船にて引き揚げし者ありき。余は、会社の整理、瓏子は、学校の整理あり。また、家の品物の整理や木炭組合の整理など色々ありて、思うようにはなりざりき。会社においては、朝鮮人従業員に相当の退職手当を給《きゅう》し、会社解散を宣告し、作業を閉止《へいし》なしたり」

木浦に荷を運ぶ

引き揚げにあたっては、木浦《もっぽ》（当時、全羅南道で最も大きな町。港町ではあるが、日本への定期航路はない）の親せきの橋本さんの家に荷物を運び、一時滞在することになりました。すでに橋本家の家族は帰国し、そこに橋本さんの妹家族と私たちの家族が住むことになりました。しかし、私には月見校を閉じるための大事な仕事が残っていたため、母と二人で羅州の家に残っていました。それでも、木浦の家に荷を運ぶため、鉄道で度々足を運んでいました。

そのような中、木浦の家に、

「羅州で警察署長をしていた心石は、ここには来ていないか？」

ある日、朝鮮人数名が訪ねてきたことがありました。

「いいえ、ここには来ていません」

と答えましたが、彼らはつかつかと家の中に入ると、押し入れの中などを隈なく探しました。署長は、留置場から脱走されたのでしょうか。彼らは署長の居場所を血眼になって捜索していました。見つけ出されたらおそらく銃殺は免れないでしょう。無事に生き延びてほしいと心から願いました。

日本が戦争に負けたことによって、地元の人々の日本人に対する目は、冷めたものになってきていました。切符を求める私に、駅員は、

「これで、日本も五等国だね。切符は売ってやらないよ」

と、つっけんどんな言葉を返してきました。

何度もお願いしましたが、まったく相手にしてもらえません。

「日本は、きっとまた一等国になってみせます」

と強く言い返し、近くに住む日本人の知り合いの駅長の住む官舎へと向かいました。敗戦とはいえ、まだ駅長としての権威はあり、お蔭で切符を手にすることができました。

家財道具や食料など、日本へ持ち帰れないものはたくさんありました。それらは、一生懸命私たち一家のために尽くしてくれた金賛文《きんさんぶん》にあげることにし、

「金さん、これらは日本には持って帰れないので、できるだけ早く自分の家に持ち帰っておきなさいね」

と言っておきました。

学校を代表して新政府に書類を渡す

当地の日本人が子弟のために心血を注いで築いたこの素晴らしい月見小学校の校舎もこの地に残していくことになったのです。朝鮮政府に譲渡され、学校名も消えてしまうことでしょう。

やっと帰ってきた校長に私たちは安堵《あんど》しましたが、すぐに私に、

「この書類を朝鮮（韓国）政府の学務課に渡しておいてください」

と、風呂敷包みを渡すと、官舎へ帰って行ってしまいました。校長が自ら渡さなかったのは、校長としての、あるいは日本人としてのプライドだったのでしょうか。

翌日、朝鮮（韓国）政府の郡庁学務課の職員が学校にやってきました。この日、学校には私一人しかいませんでした。結局、二十五歳の私が学校を代表して重要書類を渡す役を務めることになりました。

当日、私はたまらず学務課の担当者に、

「嬉しいでしょう。こんな素晴らしい学校を手に入れて……」

と、その悔《くや》しさをぶつけました。すると彼は、

「皮肉を言わないでください」

と、むっとして応えました。

最後まで私に付き合って学校に通ってくれた北山先生は、学校に警備に来た日本の兵隊の一人と恋仲になり、結婚を約束していました。彼女の自宅に度々お風呂を借りに来たのがきっかけとなったようです。私は、

「相手のことをもっと知った上で、結婚を決めないと後で後悔しますよ。その覚悟はあるんですか」

と、助言をしたのですが、彼女から返ってきたのは、

「私は、あの人のことが好きだから」

という言葉だけでした。彼女が教室で必死に縫っていた着物は、結婚後のことを想定したものであることを知りました。彼女はたくさん着物を縫ったと思うのですが、果たしてどれだけ日本に持ち帰れたでしょうか。

内地に戻ってから聞いた話ですが、彼女の夫の家は非常に貧しく、また、彼自身にも足りない点が多く、彼女は年子の四人の女の子を連れて郷里に帰ったそうです。しかし、実家に彼女の身の置き場はなく、女手一つで子どもたちを育てるため、男に交じっての昼夜の重労働に就かざるをえませんでした。その結果、体を壊《こわ》し、亡くなったということです。

青い目の人形

朝鮮政府に書類を渡し、校舎との最後の別れの時が来ました。すでに学校には私以外誰もいません。

最初に、受け持ちの教室を訪ねました。黒板を拭き、子どもたちの机を整え、教卓をきれいに拭いた後、オルガンを弾きました。子どもたちとの楽しかった思い出が、走馬灯のように蘇《よみがえ》ってきて、とめどなく涙がこぼれました。

その後、他の教室を一つ一つまわりました。先生方一人一人の懐かしい面影《おもかげ》が偲ばれてきます。

裁縫室に入った時、押し入れが目に留《と》まりました。この中に入っている物もすべてこの地に残していくのです。（何が入っているのだろう?）普段開けたことのない押し入れの戸を開けてみることにしました。学芸会の時に使った着物が入っていました。そして、見たことのない木の箱がありました。開けてみると、青い目の人形が納められていました。それが、日米親善の使節として、戦前に日本の幼稚園や小学校などに贈られてきたものの一つであることがわかりました。以前、アメリカに行ったことのある近所の友達の江崎さんが持っていた人形とよく似ていました。

その人形を胸にそっと抱いてみました。するとぱちりと目を開けて、「ママー」と言いました。音の出る仕掛けの人形でしたが、その声はとても悲しく聞こえました。遠くはるばると海を渡り、アメリカから贈られた青い目の人形。それなのに日本とアメリカは戦争で敵国同士となり、お互いに憎しみ合い、戦って、いま日本は敗れ去ったのです。青い目の人形にとって、なんとその運命の皮肉なことでしょう。その目は（私を日本に連れて行って）と訴えかけているように見えました。（この人形をこのまま抱《だ》いて日本へ帰りたい）そんな衝動《しょうどう》に駆《か》られながらも、そっともとの木箱に納めました。これから先、青い目の人形はどんな運命を辿るのでしょうか。

それから、校舎を出て、校庭を巡りました。月見小学校は、地域の日本人の浄財《じょうざい》などをもとにして建てられたとても素晴《すば》らしく、美しい学校でした。とりわけ、校庭に植えられた桜は美しく、四季折々に私たちの目を楽しませてくれました。春の満開の桜、夏の葉緑、秋の紅葉、そして冬。校庭が銀世界になると、桜の裸木《はだかぎ》の間を雉《きじ》が歩き回っていました。春夏秋冬の表情を見せてくれたものです。

一本一本の桜の木を撫《な》でながら「さようなら」の言葉をかけていきました。そして、正門の威厳のある門柱の前に立ち、校舎に最後の別れを告げました。

翌日、引き揚げの荷をまとめ、母と二人で羅州駅へと向かう途中、月見校の横を通りました。坂の上を見上げると、すでにそこには朝鮮（韓国）の国旗が翻《ひるがえ》っていました。

〈**参考資料**〉

＊「青い目の人形」とは

一九二〇年代、日米関係が険悪化する中、宣教師のシドニー・ギューリック氏（後に同志社大学の教授を務める。日本に二五年間住んだことのある知日家）は、人形を通して日米の親善を図ろうと考えました。それは、平和への願い、友情の証として日本の小学校や幼稚園に贈ることでした。ギューリック氏は日本のひな祭りに合わせて人形を贈る計画をアメリカ全土に呼びかけました。その結果、アメリカ全州、約二百六十万人の人達が資金を出し合って、一二七三九体の人形を購入しました。そして、手作りの洋服を着せて、手紙や本物そっくりのパスポートなどを持たせて、一九二七年（昭和二）ひな祭りに間に合うように日本に送り出しました。返礼無用ということでしたが、日本からは「クリスマスに日本人形を贈ろう」と、そのお礼として「答礼人形」（市松人形）五八体がアメリカに贈られました。手の込んだ豪華なものでした。この時特に尽力したのが、渋沢栄一氏です。

しかし、ギューリック氏の思いとは逆に、時代は戦争へと向かっていきます。親善大使として贈られた青い目の人形は、敵国の人形として、怒りや恨みの対象となってしまったのです。そして、軍部の指示により破棄されることになります。当時の新聞にも「児童は叫ぶ、叩き壊せ、青い目の人形」と載ったほど、青い目の人形は敵視されてしまったのです。

戦争がはげしくなる中、多くの人形は破棄されるという悲しい運命を辿ることになります。しかし、一部の人形たちは日本の人々の手によってこっそりとかくまわれていました。現在、全国に二七八体、福岡県内ではわずか三体だけ所在が確認されています。

久留米市立城島小学校にある青い目の人形も昭和二年にアメリカから親善大使として贈られてきたもので、これまで福岡県に残る三体の人形のうちの一つです。戦前までは、作法室の高い三段棚の上に大切に飾られていました。しかし、戦争が始まると、他の青い目の人形と同じように破棄の危機に立たされたため、重要書類とともに箱詰めにされ、押し入れの隅にかくまわれました。その後、昭和二八年の筑後川の大水害の折に、水に浸かり、来ていたドレスがぼろ

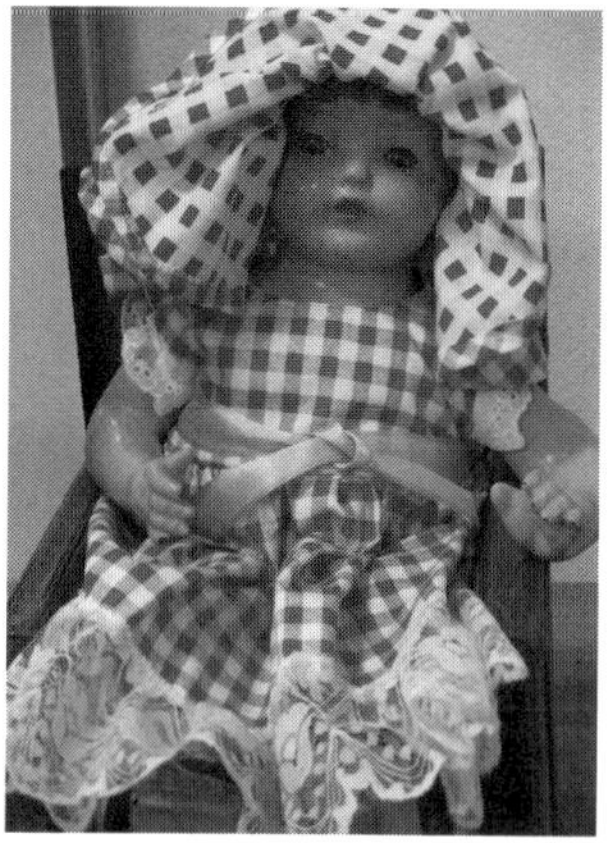

青い目の人形（久留米市立城島小学校所蔵）

ぼろになってしまいます。

その後、職員の有志により新しい衣装が作られました。そして、平成十六年、城島小の青い目の人形は、これまで名前が不明であったために児童会の話し合いで「シュリー」という名前が付けられ、応接室の棚に大切に保管されています。シュリーは、「酒里」からきたもので、酒処城島にふさわしい名前になっています。（「広報じょうじま」二〇〇四・八・一号より）
※平成二七年一〇月二八日に、ギューリック博士のお孫さんより「新青い目の人形」が城島小学校に贈られました。

第五章　引き揚げ

闇《やみ》船《ぶね》

敗戦により朝鮮半島で暮らしていた日本人は、本国へと引き揚げることになりました。

（**編者注**：敗戦により朝鮮に居住していたおよそ六十万人の日本人のほぼすべてが朝鮮を後にする。一方、内地に居住していた朝鮮人二百万人のうち、自ら希望する六十万人が日本に留まる。現在、約五二万人は外国籍。「特別永住権」が認められているため、社会保障制度の面では日本人と同等の取り扱いとなっている）

敗戦から三か月後の十一月、私たちの家族（両親、私、弟の欣《きん》三郎、妹の瑶《よう》子、好子の六名）は、日本へと引き揚げることになりました。姉の玲《れい》子は、中国の海南島《かいなんとう》の病院からまだ帰って来ていませんでした。妹の琄《けん》子は、鹿児島の叔父の所に預けられていました。

終戦後、内地へと引き揚げるためには、朝鮮半島と日本との間にある海を渡らねばなりません。海を渡るためには船が必要です。木浦は港町です。船に乗るために人々はどうしたか、父の日記の中に船について書かれた一節があります。

「先に闇船にて引き揚げし人たちは、途中機雷に触れ、爆沈、生命を落としたる者、命からがら島に上がりたる者などの噂もありたり。尚、木浦に引き揚げし連中のほとんどが闇船を予約せるも、予約金数千円をだまされ棒に振った。余も二千円の手付け流れとなれり。当時闇船の賃金は、人一人三百円。荷物一個二百円の相場なりき。上陸地は主に北九州地区、唐津方面なり。日程は、全羅南道、慶州南道の沿岸を航行、対馬《つしま》に渡り、壱岐《いき》を経て、九州に上陸。天候の都合もありて二〇日間ほどを予定されたり。船は六、七〇トンの機帆船《きはんせん》にて、すし詰《づ》めに積み込みあれば、なかなか危険なり。米進駐軍来りて、発航《はっこう》中止され、輸送列車により（※木浦より釜山まで）引き揚げとなれり」

私たち一家も十月に闇船に乗って、内地へと海を渡る計画があったのです。それは、こんなことです。

「灯台廻《まわ》りの鉄船に便乗し、唐津港に渡るべく通知ありたれば、大急ぎで荷物を船に運べり。しかし、不運にも前日米国進駐軍来りて闇舟の出帆《しゅっぱん》まかりならぬの達しあり。船長ら数回交渉したるも認められず。船にあること約五日。再び橋本の家に帰り……。

進駐軍の命令による輸送計画に従う様になれり。一般の羅州在住者も木浦へ引き揚げ来たり（二百家族）。木浦の東西本願寺に分宿し、共同炊事となり、引き揚げ命令を待ちたり。終戦前、木浦には三、四万の軍隊駐屯《ちゅうとん》せるも十月末には全部引き揚げたり」

と、父は記しています。

進駐軍《しんちゅうぐん》の命により、私たちは持てるだけの荷物を持って、木浦駅に集合することになりました。

千円と布団袋の衣《い》を背負い鍋と食糧提《さ》げて引き揚《あ》ぐ　瓏子

木浦から輸送列車に

十一月十七日、私たち一家が輸送列車に乗り込む日がやってきました。父の日記からです。

「吾らの順番に命令が下り慌《あわ》ただしく、準備成し。午後五時過ぎに木浦駅に集合。日没間もなく乗車。八時頃、三十数年見慣れし、思い出多き木浦を後に終生再び相見ゆることのできぬ儒達山《じゅたつさん》など思い残しつつ発車成したり。列車は十両編成の貨車にて一輛《りょう》に百名未満乗り込みたり（貨物と共に）。一両ごとに一班を組織し、班長を選出し、すべての交渉《こうしょう》に充てたり。昨日までは一等国民として威張りし大和《やまと》民族も貨物扱いの情け無き。有為転変《ういてんぺん》の世の中とはいえ、あまりにも急激の落ちぶれ方と、しみじみとこたえたり。……尚、病人は、客室内に収容の特別待遇を受けたり」

午後一時、大田《だいでん》駅着。一、二時間停車した後、京城《けいじょう》（現在のソウル）から釜山に向かう列車に乗り換えました。客車車輛には進駐軍（アメリカ兵）が三〇～四〇名乗車しており、私たち日本人の引き揚げ者は、貨車です。列車は、時折停車しました。

列車の中の様子はどんなだったでしょう。父の記録を見てみます。

「貨物車輛のこととて便所なく、男子は進行中といえども用便なし得れども、女子は簡単には済まされず停車の折下車し、用を足したり。妙齢《みょうれい》の婦人も斯かる場合、羞恥《しゅうち》心《しん》など何処《どこ》へやら。巨大なる股部を露出し、平然たり。また、見る者も興味なく冷然《れいぜん》たり」


列車が停車すると、進駐軍のアメリカ兵が、若い女性にチョコレートやお菓子などを配っていました。私にもチョコや煙草《たばこ》をくれましたが、相手はこれまで敵国であったアメリカの兵隊です。私はもらった物を地面に投げ捨てました。すると、傍《そば》にいたご婦人が、

「この戦《いくさ》でアメリカは、日本から多くのものを奪ったんだから、このくらいもらってもいいでしょう。煙草は、お父さんが喜ばれるはずですよ」

と、拾って私の手に握らせました。父に渡すと、その煙草を吸いながら、

「日本の煙草よりうまいなあ」

と言って、美味《おい》しそうに吸っていました。それ以降、煙草は父に、お菓子は妹たちにあげることにしましたが、決して私は自分の口には入れませんでした。

途中、列車を運転する朝鮮人が、日本人から荷物を略奪しようと列車を止めて、日本人の乗っている貨車にやってきましたが、その度に進駐軍が略奪しようとする運転手に銃を突き付け、運転続行を促すのでした。このような警備の中での引き揚げにより、安全を確保することができました。

進駐軍（米兵）の護衛がなかったならば、列車は間違いなく不良朝鮮人によって襲撃を受けていただろうと父は語っています。

ソ連兵が進駐した北朝鮮では、略奪や暴行により、多くの日本人が悲惨な目に会い、多数の犠牲者を出しています。

ところで、この列車での移動の最中に榮山浦南小で一緒だった清水先生と、ある停車駅で偶然に出会いました。他の車両に乗っていたのです。それからは、約束をして

停車する度に二人で会っていました。彼女は女ばかりの五人家族での帰国で、話の内容は内地に戻ってからの暮らしをどうするかということが多かったようです。

釜山港の荷物検査所での機転

釜山の荷物検査所には三つの関門が待ち受けていました。

最初は、持てるだけの荷物を持っての検査ゲートの通過です。そこには進駐軍の兵士が立っています。私の荷物は、家族に手伝ってもらい、何とかここまで運んできたもののその量は多く、一人で担《かつ》げるものではありません。方法は一つしかありません。一人で二往復することです。

近くに大きな風呂敷が捨てられているのが目に入りました。私はそれを拾い、荷物を二つに分けました。私の考えは、まず、ゲートをくぐり、そこに最初の荷物を置き、理由を付けて、またゲートを出て、あと一つの荷物を運ぶというものです。若いアメリカの兵隊たちが、若い女性に対し、優しく寛大であることをここまで来る移送列車で経験済みでしたから、きっと彼らは了解してくれるはずという確信のようなものがありました。これだけ引揚者で混んでいることを考えれば、二度目に入る時、顔を覚えているはずはないと考え、すぐに実行に移しました。

問題は、ゲートを出るための立ち番の兵士への理由づけです。とっさに私は水を飲む動作をして、

「ウオーター　ウオーター」

と言いました。すると、米兵はにっこり笑って、うなずきました。外に出た私は、もう一つの荷袋を担ぎ、再度検査ゲートを通過することに成功しました。

二つ目の関門は、身体チェックです。朝鮮人の女性が服の上から体全体を入念に触って、隠し物がないかを調べました。服の中には紙幣が縫い込まれており、その間、生きた心地がしませんでした。

「よし！」

検査係のその合図にほっとしたのを今も鮮明に覚えています。

三つ目の関門は、荷物の中身の点検です。広場になった所で荷を広げるのです。米兵が見回りながら、目ぼしいものがあれば、取り上げていました。中でも赤い襦袢はアメリカの奥さんへのお土産にしているという話を聞いていました。

私たちの家族の所へ来た米兵は、気に入った着物を八点ほど取り上げました。取り上げられた着物の中に、末の妹のモンペなど数点が混じっていました。高価なものではなかったのですが、新しく作ったものだったこともあり、妹が狂ったように泣き始めました。私は、

「シスター　シスター」

と妹を指差し、米兵の手からモンペなど、妹の分を取り上げました。それに対して米兵は抵抗することはありませんでした。私でなく、父や弟だったら果たしてこのようにうまくいったかどうかわかりません。ここでも若い女性であることが役に立ちました。おそらく多くの日本人は取られても泣き寝入りだったと思います。検査場を二往復したのも、取り上げられたものを一部ではありましたが、取り戻したのも私だけだったかもしれません。

輸送船で博多港へ

日本への引揚船は、博多行きと、舞鶴《まいづる》行きとに分かれていました。岐阜に住む清水《しみず》キミ先生とは、釜山《プサン》での別れとなりました。乗船当日の父の感慨《かんがい》深い思いの込められた日記です。

「十一月三十日、八時より桟橋《さんばし》に向かえり。百人宛《あて》ばかり検査するので、前進はかどらず、徐行する。夕刻漸《ようや》く検査場に入りたり。十人ばかり前にて今夜出帆《しゅっぱん》の船への乗船打ち切られ、桟橋に待機す。ある時、米兵来たり、荷物を検査し、勝手に若干没収されたり。衣服五、六枚なり。徳寿丸《とくじゅまる》、桟橋に着を以て、日没して漸《ようや》く乗船す。翌朝六時抜錨《ばつびょう》す。船は南に一路前進。懐《なつ》かしい母国に向かえり。釜山港口より振り返って薄れゆく釜山の港、赤禿《あかはげ》の山を見るにつけても感慨無量《かんがいむりょう》なり。青春十八歳初めて朝鮮の土を踏《ふ》みて、ここに三十八年。今老骨《ろうこつ》を携えて故郷に帰らんとす。何の故か。曰く、敗戦の結果なり」

船室は、引き揚げ者ですし詰め状態で、横になることもできませんでした。父の容態が悪かったことから、横になって休ませようと、私は自分の場所を父に譲り、一人甲板に上がりました。そこもまた、兵隊たちで身動きがとれないような状態でした。それでも兵隊たちは、お互いに身を寄せながら一人分の場所を私に提供してくれました。

ふと見上げると、明かりの灯った部屋がありました。

「あの部屋にはどなたがいらっしゃるのですか」

周りの兵隊に尋ねると、

「朝鮮の軍司令官、板垣征四郎陸軍大佐がいらっしゃいます」

と彼らは答えました。板垣軍司令官は、後に東京裁判によって死刑判決を受け、絞首刑に処せられた方です。後に処刑の報に接した時には、涙が溢れて止まりませんでした。大佐の辞世の句です。

ポツダムの宣のまにまにとこしえの平和のために命捧ぐる　板垣 征四郎

アメリカ軍が敷設《ふせつ》した機雷を避けるためか、船は夜の玄界灘《げんかいなだ》をジグザクに運航《うんこう》しているようでした。

機雷避け闇の玄海灘《げんかい》行く船の引揚者と兵は秩序正しき　瓏子

明け方、九州本土が見えてきました。引揚者は船べりに集まり、それぞれの思いを持って開け行く空の下に近づいてくる故国を感慨深く見つめていました。

日本《ひのもと》の島暁《あかつき》に見え初《そ》めて引揚船にどよめきあがる　瓏子

その時の情景を詠んだ私の短歌です。しかし、父の日記には、虚無感《きょむかん》のようなものが漂っています。

「今日も旭《あさひ》は日本海に赫赫《かくかく》たる雄大なる姿を現し、徐々と昇天し、四隣《しりん》を照《て》らすといえども、我ら引き揚げ者には何の楽しみもなし。対馬もいつの間にか過ぎて午後三時、博多港に到着するも上陸許されず。この夜もまた船中に夢を結びたるなり」
「翌二十三日、午前八時上陸許可手続きとして引き揚げ者証明など受けたり。別に検査なし」

博多港に着いた我々引き揚げ者の目に映ったのは、焼け野が原となった福岡の街の惨状《さんじょう》でした。きれいな着物を着た良家のご婦人らしき人が残飯をあさっている姿もありました。

私は、祖国の無残な姿に涙が溢れて止まりませんでした。

（**編者注**：六月十九日の福岡大空襲は、市街地を標的としたB29による空襲で、約六万人が被災し、千人以上の犠牲者が出ている）

兵隊さんへの演説

博多港から臨時に列車が編成され、九州各地へと向かっていました。私たちは、故郷の吉井へ送る荷物の発送を行いましたが、終わらないので、体調のすぐれぬ両親は、末の妹を連れて、一足早く郷里へと向かいました。私は、弟と妹の瑤子の三人、博多駅で一晩夜を明かし、次の日に吉井へ向かうことになりました。

ホームに吉井・日田方面に向かう列車がやってきました。復員兵や引き揚げ者のために仕立てられたものです。しかし、すでにその列車には兵隊が乗っていて、乗り込もうとする私たち引揚者に対して両手を広げて、列車に乗せようとしませんでした。

そこで、私は列車の窓ガラスを何度も強くたたきました。業《ごう》を煮やしたのでしょうか、兵隊の一人が窓を開けてくれました。私たちはそこから列車の中に入り込みました。一般客は私と弟、妹三名だけでした。私は乗っている兵隊たちに向かって大きな声で言いました。

「あなたたちも同じ日本人でしょう。私たちも、戦争に負けて引き揚げてきたんですよ。あなたたちと同じように故郷を目指しているんです。引揚者に許されてるのは皆、手に持てる荷物とわずかのお金だけなんです。私たち引き揚げ者を乗せないということが許されるんですか。兵隊さんは、国民を守ることが一番の仕事ではなかったんですか。みなさんがもう少し頑張っていたら戦争にも負けなくて済んだんじゃないですか……」

弟が困ったような顔をして何度も私の袖口をつまんで引っ張りました。（姉ちゃん、やめて）その目は訴えています。しかし、私は言わずにはおれませんでした。私が話している間、兵隊さん方は皆、黙って下を向いていました。その中には、部隊長もいたそうです。

それぞれの任を終え、復員する兵隊さんに対し、敗戦の責任にまで言及することは、いささか酷《こく》だったかもしれませんが、兵隊というものは、自分の身を守る前にまず一般庶民を守ることを優先する立場にあったのではないかと思ったからです。自分たちだけ、座席にゆったりと座っているということが、私には許せませんでした。

そして、言わずにはおれなかったもう一つの理由は、先の引揚船の中での兵隊たちの姿と余りにもかけ離れていたからです。事情を話し、ここに座らせてほしいと頼んだ時、兵隊たちが私に提供するための場所を快く確保してくれた時の温かな心遣いが身に沁みていたからでもあります。

列車内の兵隊の姿は、それとは正に対照的でした。私の言葉に気まずさを感じたのでしょうか、近くに座っていた兵隊が私たちに席を譲ってくれました。

後にこのことは、弟の口から「兵隊への演説」として親族の間に伝わり、引き揚げ時のエピソードの一つになりました。

国破れて山河あり

吉井、日田方面行きの列車は、昼過ぎ博多駅を発車しました。蒸気音を響かせながら、一路故郷へと向かっていきます。無事に故国へ帰れたこと、もうすぐ故郷の土を踏むことができることの嬉しさから胸一杯になり、食事をしていないことも忘れていました。

列車は途中久留米駅に停車しました。久留米もまた空襲により被災し、焼け野が原になっていました。駅舎も焼けてしまい、仮の小さな駅舎が建っていました。ここで多くの兵隊が降りて行きました。

久留米から吉井に向かう列車の窓の向こうに懐かしい筑後平野が広がっています。晩秋の寂寞《せきばく》とした田園の中に立つ真っ赤に色づいた櫨《はぜ》の木々が目に沁みました。

そんな風景を眺めていると、産業振興の一助として櫨の木を植えた久留米藩のこと、さらにこの地にゆかりのある天智天皇が詠んだ「秋の田のかりほの庵《いお》のとまをあらみわが衣手は露にぬれつつ」の歌など、歴史の断片が頭の中を過《よぎ》っていきます。歴史という時の流れの中に、今の私たちの運命もあるのです。

やがて私たちの列車は故郷の吉井駅に到着しました。降り立ったのは、私たち三人だけでした。

プラットホームの正面には、耳納山が全山紅葉してそびえ立っていました。その姿を見て、涙がとめどなく零《こぼ》れ、その場に立ちすくんだまま動くことができませんでした。

落ちぶれた姿で帰って来た引き揚げ者の私たちを、ふるさとの山は、あたたかく迎えてくれました。

国破れ故郷《こきょう》の駅に降り立てば紅葉《もみじ》の耳納《みのう》山われを迎へり　　璢子

父の日記は、故国への引き揚げで終わっています。最後の一文です。

「在鮮三十八年一夢《ひとゆめ》に過ぎず嗚呼《ああ》」

〈参考資料〉

＊日本の統治が朝鮮に残したものとは

かつて中国大陸を統一した諸王朝が朝鮮を直接統治せず、朝貢を受けながら君臣関係を築いていたのは、……占領する価値のない土地だったからである。気候が良いわけでも、土地が肥沃なわけでも、資源が豊富でもなかったために征服する必要がなかったのである。一九世紀末、不凍港を求め続けたロシアや大陸進出を望んでいた日本が軍事的な理由で朝鮮をほしがっただけなのである。紆余曲折の末、植民地として最悪の条件をそろえていた朝鮮を引き受けた日本は、当初から莫大な資金を投入し、鉄道を敷き、車の通れる道を造り、土地調査事業を行い、近代的な官僚制度を導入し、学校を建てて朝鮮人を教育した。最悪の条件とは、

①気候が温暖でなく、特別な天然資源がない。

②政治、経済、文化的にアジアできわめて遅れた地域であった。

③強力な儒教原理主義が根を張った社会のため、資本主義経済に見合っ

た新思想を普及するのに膨大な努力を要した。

朝鮮向けの投資は、台湾を上回った。領土、人口の上で台湾以上に大きかったからである。朝鮮総督府に対する国家補助として、政府予算から莫大な資金が毎年投入された。多い時は、二〇〇〇万円を超えたというが、これは日本の予算全体の二〇％に相当する。資金は、主に官公庁と学校を新設し、教師と公務員に俸給を支給し、道路、鉄道、港湾、電力施設など社会資本を整備するのにつかわれた。

社会の発展には、目に見えない要素の方が重要だ。教育制度、理念、慣習、法律、経験、技術のような無形の財産は戦争でも破壊されない。第二次大戦後、焦土と化した上、莫大な賠償金を払わなければならなかったドイツと日本の経済が、あれほど速やかに復活できたのは、神が奇跡を起こしたのではなく、彼らに先進工業国としての経験があったためだ。高度な文明を作り上げ享受したことのある社会は、一時的な惨禍で物質的基盤が壊滅してしまったとしても、速やかに立ち上がる能力を備えている。こうしたことから、近代化のためには無形の財産と経験の蓄積、そして、このような要素を備えた人的資源がはるかに重要であることがわかる。

わたしたち韓国社会への日本の寄与を高く評価すべきなのは、社会資本の整備というよりもむしろ、……かくも短期間に前近代的な要素を徹底的に破壊し、その上に文化、社会制度、理念などの面での新しい社会を移植できたことである。

日本としては、遅れた朝鮮半島を譲り受け、四〇年間にわたって大規模な投資をし、教育を施し、近代的な産業施設基盤を建設した挙句、金を受け取るどころか、賠償金（※日韓正常交渉に伴う八億ドルの無償、有償の借款をさす）まで支払わなければならなかったのは、さぞかし無念なことだったろう。（注12）

第六章　終戦後の暮らし

飛行場跡地の開墾

引き揚げ先は、私が五歳から女学校の頃まで住んでいた浮羽の母の実家でした。すでにその頃、祖母も亡くなり、若い叔父は招集されていて家には誰も住んでいませんでした。親せきといえども、引き揚げ者に対しては、どこも冷たかったように思います。

農地改革により大地主だった父方の実家は、てんやわんやの状況でしたから、引き揚げ者の我々に気を配る余裕もなかったのでしょう。

昭和二十一年の三月まで、母の実家に住んでいましたが、大刀洗飛行場跡地開墾《かいこん》のための入植《にゅうしょく》を申し込み、三井郡大刀洗町の本郷での借家住まいを始めました。この時家族のために一番支援してくださったのが、従姉の井上さん夫妻です。ご主人は、元陸軍少佐で大刀洗飛行学校の教官をしていました。昭和十九年に大刀洗飛行場が米軍による猛攻撃を受け、多数の犠牲者を出しましたが、この時期、朝鮮に飛行場建設の任務を受けて内地にいなかったために難を逃れることができたそうです。

（**編者注**：大刀洗飛行場は、昭和二〇年三月二七日、三一日の二度に渡ってB29の編隊による空襲を受けている。一回目の空襲による犠牲者の数は千名に届くのではないかといわれている。機体整備工場や航空隊本部、兵舎などが爆破され、周辺民家も被弾している。この時、下校中の立石国民学校の児童が避難した頓田《とんだ》の森で、投下された爆弾により三一名が亡くなるという悲惨な出来事があった）

井上さんの家が、大刀洗飛行場の近くにあったことから、入植の話についても、開墾のための道具の貸与から藁《わら》などの提供まで、いろいろとお世話になりました。当時、土が硬くて鍬の刃もなかなかささらないような状況でしたから、井上さんの家から貸していただいた牛は畑を鋤くのに大いに役立ちました。

そして、父はいち早く家を建てることを決断しました。六畳二間に土間の付いた質素なものでしたが、入植者の中では、最初でした。さらに材木を買ってきて、父と弟が台所や倉庫を増築しました。

これまでの一家の生活費も、入植時の払い下げにかかる費用も、家の建設費もすべてあの持ち帰った紙幣や通帳のお蔭でした。
父たちが言う通りにしていたら、家族は相当困窮していたことでしょう。

無一物渡りの鳥の北帰行わが引き揚げの荷にくらぶれば　瓏子

戦後の開墾生活の中、父はどのような心境で日々を過ごしていたのでしょうか。この時期、父は自らを「拓農老士」と称し、多くの短歌や俳句を残しています。その中からいくつかを拾ってみます。

引き揚げて慣れぬ手付きで振る鍬もいっとはなしに形になれり
特幹の夢の跡なり大刀洗菜種花咲く原となりけり
※特幹…特別幹部候補生
古里の山は見ゆれど誰彼《だれかれ》の便りとてなし引き揚げの身は
子のために生きる道かや濡れ燕《つばめ》五月雨《さみだれ》空を終日《ひもすがら》飛ぶ

雨に飽き書に飽き窓の蝸牛《かたつむり》

リュックのさつまいも

内地に引き揚げて二年ほど経った頃のことです。開墾をしていた私の所に、かつて榮山浦南小学校で一緒だった川口元子先生から、

「あなたは、開墾をするような体じゃない。もう一度教職に復帰しなさい。私が県に交渉しておくから。日にちが決まったら、視学《しがく》（※旧制の地方教育行政官。学事の視察、教育の指導監督、教員の任免等をつかさどった）に会ってね」

との連絡を受けました。先生のご主人は、まだ出征したままでした。

川口先生は、闇船で早く引き揚げていました。当時筑紫郡の小学校に勤務していて、顔も広かったのでしょう。約束の日に私は視学と面接をしました。家から勤務できる

ところをお願いしていたところ、地元の馬田《まだ》小学校（現、朝倉市）にお産代用教員の話があり、一か月の勤務を経て、翌年四月に朝倉郡の三輪小学校に正規教員として勤務することになりました。学校までは、徒歩で一時間の距離でした。

最初の担任は一年生でした。年度初めに家庭訪問があります。その日、元飛行機製作所の工員の住宅となっていた長屋を訪ねました。

当時、そこでは引揚者や戦災で家を失った家族などが生活していました。満州からの引き揚げだという受け持ちの林（仮名）紀子さんもその一人でした。入口から、中に入った私は、一瞬言葉を失い、呆然とその場に立ち尽くしてしまいました。そして、とめどなく涙がこぼれてきました。

狭い部屋に小さな釜《かま》と鍋《なべ》、そして小さなやかん。それ以外には何もないのです。野菜の一片も、米粒一粒も見当たりません。

ここで、母親と子ども六人が生活しているのです。父親はまだ戦地から帰って来ていませんでした。私も同じ引き揚げ者でひどい生活をしていましたが、それは余りにも辛く、悲し過ぎる光景でした。

私は、ハンカチを取り出し、声をあげて泣きました。

「先生、泣かないでください」

と言いながら、母親もまた泣いていました。

「夫が帰ってきたら、もう少しましな生活ができるのですが……。今は、私たちには食べるものが何もないのです」

「そのうちにお父さんも帰ってこられますよ。元気で待っていてください」

そう言って励ましながらも、まだ私の涙は、止まりませんでした。

その夜、皆が寝静まった後、母にその日家庭訪問で訪ねた林さんのおうちのことを話しました。母は、

「うちも哀れだけど、林さんのおうちは父親もいないから、もっと哀れだね。引揚者は、どうしてこうもみんな哀れなんだろう」

そう言って、ふうっとため息をつきました。

翌朝のことです。私の枕元にリュックが置かれていました。中を開けてみると、さつまいもがいっぱいに詰められていました。母は、夜中にさつまいもを一つ一つきれ

いに整えて詰めておいてくれたのです。

「これを林さんのおうちに届けてね」

重いリュックを背負った私を、母は少し微笑《ほほえ》んで見送ってくれました。林さんの住宅は、学校の少し手前にありました。周りに人がいないのを確かめてから家の中に入りました。さつまいもを母親に渡すと、

「ああ、これで家族みんなが生きていけます。先生も同じ引き揚げ者で苦労されているのに……」

そう言って、涙を流されました。

私は、軽くなったリュックを背負って学校へと向かいました。

それから数年後のことです。林さん（母親）から手紙が届きました。その後、ご主人がシベリアでの抑留《よくりゅう》生活を終え、帰国されたというのです。元公務員であったため、再就職ができ、しかも本庁に転勤となり、暮らしも楽になったということでした。

その時頂いた手紙は大事にしていたのですが、今探してもどうしても見つかりません。

教職との別れ、親との別れ

秋は、コスモスの美しい季節です。しかし、終戦後のこの時期、皆生きるのが精いっぱいで花を愛《め》でる余裕もありませんでした。そんな時わが家の畑では、コスモスが美しく咲き乱れていました。

このコスモスを子どもたちに手折《たお》らせたい、そして、芋掘り体験もさせたいという思いから、ある日曜日に長屋に住む引揚者や戦災による被災者の子どもたち八人を家に招きました。

お昼には、母が食事の準備をしてくれました。ご飯を炊き、どこから手に入れたのか鶏肉《とりにく》の料理もあって、子どもたちは、

「米の御飯よ！」

「お肉もあるよ！」

と飛び上がって喜んでくれました。

そんな出来事も教師としての最後の思い出となりました。それというのも急なことながら、結婚が決まったからです。

三輪小学校に勤務していた折、県知事募集の教育論文に応募して佳作賞に入りました。その教育論文受賞についての書類が県下の学校に配布され、夫となる上野の目にとまり、結婚へとつながることになったのです。昭和二十三年、年も押しせまった十二月二十七日に結婚式を挙げました。二十八歳でした。

嫁《とつ》ぎ先には、広い田畑があったものの戦後の農地改革によってかなりの田畑を失っていました。それでも、耕作地としての実績がある田については、保有が認められるとの思いから、厳格な舅《しゅうと》に退職を懇願され、翌月（一月）にやむなく教職を退き、農業に励むようになりました。しかし、心の中には残してきた児童への思いがあり、家の近くの小学校の始業の鐘が鳴るたびに、三輪小学校のことが思い出されて涙がこぼれました。

後に、教え子たちが、

「西見先生がよかった。西見先生を呼んできてくれんなら、学校に行かない」

と言い出して不登校騒ぎとなり、校長や保護者が大変困ったということを聞きました。

故国《ここく》に帰って来てからの教師生活は、二年にも満たない短い期間でしたが、この間、三輪小学校は県の実験学校の指定を受けており、職員は附属小学校に参観に行ったり、指導に来てもらったりしていました。私は、校務の上で担当教科が図画工作科になっていたので、附属福岡小学校の青柳光治先生には大変お世話になりました。また、当校では友清利夫校長先生や井上幸一郎先生など、県の教育行政に携わられたすばらしい上司との出会いがありました。

特に友清校長は、穏やかな人柄と面倒見のよさで職員の誰からも尊敬されていました。

お子さん方も三輪小学校に在学しておられましたが、ある時、息子さんの一人が体育の時間に体調が悪いので見学させてほしいと担任に申し出たところ、「うそを言ってるんだろう」と無理に授業に参加させられました。お子さんは、その授業の最中に倒れられ、ついに意識を回復することもなく、亡くなってしまいました。特に、校長先生のお気に入りの息子さんでしたから、とても嘆き悲しんでおられました。しかし、担任の先生に対しては一言も責められなかったそうです。校長先生の人柄を偲ぶ出来事として、深く心に残っています。校長先生とは、その後もずっとお付き合いがありました。

後に附属福岡小学校で副校長をされた友清佳雄先生（故人）は、ご子息の一人です。

敗戦、そして、朝鮮半島からの身一つの引き揚げ。生きていくために開墾から始めたその後の慣れない農業の仕事。もともと病弱だった両親にとっては、大変過酷《かこく》なものだったようです。

母は心臓に持病があったことから、床に伏すことも多くなりました。それでも私が初孫となる長男（幹久）を連れてたまに実家に帰ると、布団の横に寝せてとても可愛がっていました。

引き揚げて五年目、母ユキは心不全で他界。享年五十七歳。昼寝から寝覚めぬままの安らかな死でした。

父もまた長男を「ミキ坊、ミキ坊」とよんで可愛がり、いくつもの短歌に詠んでいます。両親にとっては最後の束の間の幸せだったのかもしれません。

そして、その二年後、母の後を追うように喘息の持病のあった父もまた心不全で他界しました。朝方、

「仏様が出てきておられる。お茶を上げてくれんか」

と、床に駆けつけた妹に言い残したのが最期でした。享年《きょうねん》六十歳。母と同じく安らかな旅立ちでした。


「あの時父が朝鮮を訪ねていなければ……」「あの時伯父が凶弾に倒れなければ……」「もしあの時」がなければ、父の人生ももっと輝いていたかもしれません。朝鮮半島での三十八年間の父の人生は一体何だったのだろう。ふとそんなことを考えることがあります。朝鮮の地で教師として過ごした私の青春もまた、そんな父の人生や祖国の歩みと無縁ではないのです。そして、何より不思議に思うことは、私の人生の節目節目で私は誰かに助けられているということです。叔父の援助がなければ学業を続けることはできず、教師の道もありませんでした。朝鮮人のお医者さんがいなければ、私

の命はなかったでしょう。こうしてここまで長生きできたことも見えない誰かの力によるもののような気がしてなりません。

エピローグ

終戦後も孫さん（仮名）一家と弟（欣三郎）との付き合いは続いていました。鹿児島の農学校（現鹿児島大学農学部）で学んだ三男は、戦後も度々弟の家を訪ねています。

母校の鹿児島の農学校を訪ねた時には、当時の同級生や先輩たちが多数集まり、孫さんを迎える盛大な歓迎会があったそうです。鹿児島人、あるいは日本人というべきか、人々の心の温かさ、広さに深く感動したと孫さんは言っておられたそうです。

そして、彼は父の眠る浮羽の耳納連山の中腹にあるお墓に参り、墓地の周囲に植樹をしてくれました。そして、その時同行して来日した息子たちに、

「今韓国では、反日教育が行われているが、本当の日本はそうではない。すばらしい国だよ。しっかり、自分の目で見ておきなさい」

そう語っておられたといいます。

しかし、孫さん一家は、親日的であったという理由で、いろいろと迫害を受け、戦

後の生活はかなり困窮《こんきゅう》されていたようです。士官学校で学んだ二男は、その後朝鮮戦争に従軍し、行方不明です。父省三に資金援助をしていただいた長男の孫さんは後に韓国政府に拘束され、拷問を受け、長い刑務所生活の中で精神を患い、亡くなったということです。

数年後、韓国の孫さん（三男）の家を訪ねた弟は、その生活の困窮ぶりを見て、大変気の毒に思い、持っているお金をすべて渡してきたといいます。

孫さん一家だけに限りません。終戦により日本人が引き揚げた後、朝鮮人の地主は理由を告げられずに小学校校庭に集められ、一列に並ばされた後、銃殺されたという話を聞きました。家が裕福だったところや日本人との親交が厚かった人に対しては、かなりの弾圧があったようです。

昭和六〇（一九八五）年、息子（二男）が高等学校の修学旅行引率でソウルを訪れた際、孫さんご家族がホテルまでわざわざ会いに来て下さり、父西見省三の孫に会えたことを大変喜ばれたそうです。帰国後、息子が、

「排日の嵐の中にあって尚、戦後四〇年も経っているのに、西見家と孫家の絆を大事

にされていることに感激した」と語っていました。

〈編者注〉

＊「親日家」への弾圧の背景

あるテレビ番組の中で、池上彰氏がこの問題について解説をしていたことがあります。その一番の要因は、大韓民国の憲法（一九四八年七月制定）前文にあるというのです。理念的規定となっている憲法前文とはどのようなものでしょうか。

「悠久の歴史と伝統に輝く私たち大韓民国は、己未三一運動で大韓民国を建立し、世界に宣布した偉大な独立精神を継承し、今や民主独立国家を再建するに当たり、正義、人道、と同胞愛により民族の団結を強固にし、すべての社会的弊習を打破し、民主主義制度を樹立し、政治、経済、社会、文化のすべての領域において各人の機会を均等にして能力を最高度に発揮させて、各人の責任と義務を果たすようにし、内には国民生活の均等な向上を期して、外では恒久的な国際平和の維持に努力して私たちと私たちの子孫の安全と自由と幸福を永遠に確保することを決意し、私たちの政党、また自由に選挙された代表として構成された国会で檀紀四二八一年七月一二日に憲法を制定する。」

一九一九年に起きた三一運動によって大韓民国はできたという立場です。一九四八年には、国を建てたのではなく、臨時政府を継承する政府を樹立しただけで、大韓民国は、一九一九年からずっとあり、併合時代はなかったというのです。

しかし、日本による併合もそれからの独立も国際法上、合法なのです。終戦後連合軍が朝鮮半島の統治者と認めていたのは、日本ですから、統治権は、日本から、連合軍へ、そして、一九四八年にできた大韓民国政府へとなっています。

憲法前文に臨時政府の正当性を明記したことで、併合時代に日本に協力的だった人たちは、反政府（反民族）的行動をしたと見なされ、法的に処罰されることになったのです。これらの人々を「親日派」とよんでいます。
戦後すぐ「反民族処罰法」（懲役や財産没収など）が制定されましたが、当時は、朝鮮戦争が始まったこともあり、この法律の執行は厳密ではありませんでした。しかし、二〇〇五年、盧武鉉《ノムヒョン》政権下「親日反民族行為者の財産に関する特別法（通称：親日罪）」が制定されたことにより、親日派への弾圧は別の形で復活し、韓国の反日思想を合法的に牽引することになっていくのです。

朝鮮で出会った先生方は、その後どうしているのでしょうか。
朝鮮（韓国）を再訪した折に、悲しい現実と向き合うことになりました。
姉のように慕った金順児先生が亡くなっていたのです。金先生との再会を楽しみにお土産まで準備していたというのに……。

　戦後すぐ、ご主人が共産党員であることを疑われて逮捕され、間もなく処刑されたということです。金先生は夫の後を追って、全羅南道東部に位置する麗水《れいすい》の海に飛び込んで自殺されたそうです。その話を聞いた時、私は溢れる涙を抑えることができませんでした。


　一方、榮山浦南小学校で一緒だった朴（仮名）先生と再会することができました。大変ユーモラスで、人気のある先生でした。終戦後、韓国の再建のために尽力されていました。

　私と二人だけになった時、朴先生は次のような話をされました。

「終戦後、国にはお金がなくて、海外に行くことはままならなかったのですが、私は毎年日本に行ってたんですよ」

「好きな人でもいたんですか」

　冗談交じりの私の言葉に、

「いいえ、……これは内緒ですが、実は私の母は日本人なのです。このことはまだ誰にも話していません」

と語られました。金先生のお父さんの穏やかな風貌を思い出し、日本人女性の心を引き付けた理由がわかるような気がしました。

一方で、母の出身国を隠さねばならないこの国の理不尽さに寂しさを感じざるを得ませんでした。

そして、戦争未亡人となった清水キミ先生のその後はどうなったのでしょうか。彼女が語った言葉は意外なものでした。

——戦後、女ばかり六人で名古屋に引き揚げました。幸いにも親せきに県会議員の方がいて、その世話で農協の宿直室を借りることができました。そして、しばらく経ったある日のこと、「ただいま」と声がして、なんと入口に死んだはずの夫が立っていたのです。

「幽霊……」

私はすぐに、足を触ってみました。確かに本物の足です。

「キミ、俺は幽霊じゃないよ」

「どうして生きていたの？」

「まあ座れ」

そう言って、夫はこれまでの一部始終を話してくれました。

「日中戦争（日本と蔣介石率いる中華民国軍との戦い）の中で、私は重傷を負い、意識を失って倒れていました。戦《いくさ》の後、蔣介石軍は戦場を見回り、死んでいるか、意識があるかを確かめ、けがをしている兵士は担架で病院に運び、治療をしていました。意識を取り戻した私に、日本の士官学校で学んだことのあるという相手の軍の上官は、次のようなことを語りました。

『清水君、早まったことをしてはいけないよ。日本に戦陣訓があることは知っている。【生きて虜囚《りょしゅう》の辱《はずかし》めを受けず】という言葉もあって、日本の軍人は捕虜になることを嫌い、恥としているが、君は捕虜ではないんだよ。君は死んだのと同じなんだ。運が良くてたまたま助かったということだけなんだよ。私には、君の元気な体を奥さんに見せる義務がある。君のことは、自分に預けてくれないか』彼の熱心な説得に私は死ぬわけにはいかないと思ったのです」

父の帰りを子どもたちも本当に喜んでくれました。戦後の困難な時期、私はこの地で塾をしながら生計を立て、夫と共に新たな人生のスタートを切ることができました。もしもあの時私が再婚していたら、きっと大騒動になっていたことでしょう。あの時のあなたの言葉のお蔭で、私たちはよい人生を過ごすことができました。西見さん、本当にありがとう。

誰も予想しない顛末でしたが、再婚しなかったことで、彼女の人生は狂わずに済んだのです。

清水先生は九州に足を延ばす機会があると、決まって我家を訪ね、二晩ほど泊って行きました。その時口にしたのは再婚話の時の私の助言への感謝でした。

親しかった彼女も、平成七年四月、夫が亡くなる三日ほど前に帰らぬ人となりました。

そして、月見小学校で教えた日本の子どもたちのその後ですが、終戦後、皆それぞれの郷里へと引き揚げ、戦後の厳しい生活を必死で乗り越え、今それぞれの人生を健やかに生きています。

「長野県で扱う材木の量はうちが一番です」と語った材木商の宮下君。今も毎年、長野の林檎《りんご》をダンボールで送ってくれます。東京で会社勤めをしている井上君。西南学院大のヨット部にいたことから、OB会で時々福岡に戻ってきます。また、姉さんの住居がわが家に近いことから時々遊びに来てくれますので、昔の話をしながら、共に食事をするのが楽しみです。大学教授の奥さんになった大分県の斉藤清子さんからは度々お便りを頂きます。大人しく優秀な子でした。女性校長の先駆けとして川越市（埼玉県）の教育界で活躍していた江原幸江さん。怜悧《れいり》で統率力のある子でした。私が七十年前に書いた通信簿を今も大事に持っています。

今も尚私が入っている施設に度々遊びに来てくれる熊本の田上《たのえ》民子さん。七十年も経っているのに孫同士の縁談の話も飛び出して担任と教え子との絆は、今も健在です。

また、同郷会の中で、羅州の心石警察署長のその後を知ることもできました。羅州の留置場に入れられていたのですが、ある雨の激しい夜、親日的で署長を信頼していた部下が手伝い、朝鮮服を着せてくれて、脱獄させてくれたそうです。昼間は山に隠れ、夜間に移動しながら釜山の港を目指し、無事に郷里の広島へと引き揚げることができたということでした。敗戦を職員に知らせてくれた当時小学校六年生だった署長の息子さんは、その後広島で医者になったということです。

私は七年前、八十九歳の時、脳出血で車椅子生活になってからは、同郷の会にも出席することができなくなってしまいました。しかし、心はいつも青春期を過ごした朝鮮の羅州に飛んでいきます。九〇歳代半ばのおばあちゃんになっても当時の思い出は今も鮮やかです。

早いもので今年で戦後七一年になります。この機に皆さんも、もう一度日本の歴史の歩みを振り返ってみませんか。おじいちゃんやおばあちゃんが若かった頃、どんな青春時代を過ごしたのか。そして、戦中・戦後の激動の時代があったことを、お隣の朝鮮（韓国）のことや私たちの住む祖国日本のことを、それぞれの立場でもっと詳しく知ってほしいと思っています。そして、両国の人々が深く理解し合い、これからお互いに仲良く付き合っていけることを心から念じています。日本統治下の朝鮮で生きた一人の日本人として、一人の教師としてのこの回想録が、そのための役に立てればこの上ない喜びです。

あとがき

「日本は、韓国を植民地にして散々悪いことをしてきたようだね」

最近、知人の一人にこんな言葉を投げかけられたことがありました。日本の朝鮮統治下での母や祖父の体験を話すと、少し意外そうに聞いていました。同世代ですらこうですから、ましてやかつての戦争が遠くなり、近現代史を詳しく学んでいない若い人たちにとって、当時のことは未知の世界のことに違いありません。誤解すら抱いている人は少なくないでしょう。この認識の乖離が、日韓問題への関心が高まらない大きな障壁となっているようです。

母が朝鮮を再訪した折、学校などを案内してくださった裵錫倫《ハイシャクリン》先生は、その後の光州市の教育行政や国の教育改革にも携わられ、韓国の教育の発展に寄与されました。

裵先生は、母に次のようなことを語られたといいます。

「終戦により日本の人たちが引き揚げた後、学校を再建するのはとても大変でした。

それでも残された書類をもとに、学校の体制を維持しながら、外国の教育状況も視察し、教育改革を進めていきました。日本のお蔭で韓国に学校教育の土台ができ、国を支える人材の育成も継続していくことができました」

日本による朝鮮統治が、朝鮮半島に教育を根付かせ、韓国の今日の経済発展の基礎をつくったことは、現代の私たち日本人には、あまり知られていません。

この度、朝鮮での母の教師としての体験やそこから見えてくること、その真相を書き残すことは日本人としての責務と心に決め、編集作業に取りかかったのは、六月（平成二十七年）の終わりの頃でした。戦後七十年ということもあり、終戦記念日を前に戦争体験者の回想など、関連する記事が新聞の紙面をにぎわしていた時期でもありました。母もまた、戦争という激動の中を生き抜き、生き残っている日本国民の一人であり、その体験は貴重です。

それから三か月余り、母の在宅施設に通い、聞き取り作業を続けました。母は高齢で耳が遠いために、私は尋ねたいことを大きな声で伝えねばなりませんでした。時に筆談も交えるなど、大変な労力を要する仕事となりました。

私自身、平日の昼間は勤務、夜間や休日は、地域公民館長として各種事業の開催や会議等に費やされることも多く、時間を生み出すこともままならない状況でした。

母は時に涙し、時に幸せな表情を見せながら、遠い記憶を必死で手繰り寄せてくれました。編集作業は、丁度ジグソーパズルのような楽しみがありました。一つ一つのピースを埋め合わせ、そこに脈絡が生まれた時は、一種の快感さえありました。戦前・戦中・戦後にかけての母の人生が時間軸でつながり、濃密な人生ドラマとなった時、そこに教師として、あるいは日本人としての矜持のようなものが見えてきました。目の前に居る老いた母が、実に頼もしく、神々しい存在に見えてきたものです。

そして、今年（平成二十八年）二月に自費出版し、主に身近な方々に配布しました。しかし、この本のことを知って遠方からも問い合わせが相次いだため、加筆修正の上、改訂普及版として流通ルートにのせることにしました。

母の体験の取材を通して、列強諸国が覇権を争った時代、人を人として扱った日本流ともいえる朝鮮統治は、社会基盤の整備はもとより、朝鮮の人たち一人一人の能力を伸ばし、半島全体に活気をもたらしていったことは確かであると感じました。その実態は、「植民地支配」といった言葉よりも、その名の通り「併合」による共存に他ならないのです。もちろん民族としてのアイデンティティから、独立を願った人たちの心も理解できます。

母の体験を整理していく中で、否応なく現在の冷え込んだ日韓関係を考えずにはおれませんでした。そして、痛切に感じたことは、国の体制の大きな転換点においては、新しい国家を率いたリーダーの姿勢がその国の進路を左右するということです。

関連する文献に目を通していく中で、再認識させられたこと、それは日韓関係に大きな影響を与えているのは、終戦後につくられた韓国の憲法前文にあるのではないかということでした。憲法が、国の進路に重要な影響を及ぼすことは、日本においても同様です。歴史の変わり目での為政者の理念が、その後の国の形となっていきます。

今日の日韓関係悪化の一番の原因は、日本が反論しないこと、反論するための努力を怠っていること、つまり黙認しているとみなされていることだとも言われています。

日本人特有の性善説に基づく対処の仕方なのか、事なかれ主義によるものなのか、政府（外務省）の姿勢は、常に受身的で、あまりにも低姿勢です。史実に基づく対等な外交がなぜできないのか不思議でもあり、歯がゆくもあります。

今一番大切なことは、政治家を始め日本国民一人一人がこの問題を直視し、朝鮮統治時代を含めた明治から今日に至るまでの歴史をしっかりと学習し、検証する機会を数多く持つことです。負の面ばかりに目を向けることなく、近代国家への礎を築いた日本の貢献といったプラスの面にもっと目を向け、評価していく必要があります。そうしなければ、これから先危惧されるのは、正しい情報が消え去り、誤った情報のみが蓄積され、既成事実化していくことです。

現在、中韓が世界記憶遺産への登録を申請しているいわゆる「従軍慰安婦」の強制連行の問題もその一つです。このことについては、情報源に誤りがあったことは、報道した新聞社も認めてはいますが、発信力の差でしょうか、すでに「あったこと」として全世界を巡っており、手遅れの感もあるようです。

山積する課題を解決していくために、日本が取るべき道の一つとしていえるのは、史実に基づく情報を積極的に国内外に発信していくことです。国家間の交渉において、歴史認識が曖昧なまま安易に譲歩し妥協していけば、日本の将来に禍根を残すことは必至です。これまでがそうであったように当面の課題解決のための回避的な措置として、政権同士の合意がなされても真の解決には至っていません。その後の歴史の中で蒸し返され、「加害者」としての国家の汚名は払拭されずにいます。二〇一五年末の朴槿恵政権との間の慰安婦問題についての合意も先行きは不透明です。

現在、台湾では「懐日」ブームの中、日本による統治時代が評価されているといわれます。この度の熊本地震に対しても多額の義捐金が寄せられています。一方、韓国では、熊本地震に対して被害を喜ぶネットへの書き込みが多数あったことが伝えられるように反日の動きは収まっていません。

統治時代の両国への日本政府の対処の仕方に特に違いがあったわけではありません。当時、統治する側もされる側も共に人と人とは良き関係を築いていたことは、当時の多くの体験者が語っているところであり、これは両国に共通しています。

ただ、戦後のマスメディアによる報道姿勢と学校教育には大きな違いがあります。基になるのは学習内容に関する国のカリキュラムであり、教科書です。

現在、韓国の子どもたちが日本の統治時代について学ぶ時に使用する歴史教科書には、反日に依拠した誤った記述が多数掲載されているといわれています。このような状況の中で果たして日韓の溝は埋まっていくのでしょうか。

後世の日本人が自国への誇りを持って生きていけるよう、歴史の誤りはきちんと糺《ただ》していく努力を忘れないこと、つまり虚構を排し、朝鮮統治時代の実際を史実に照らして知り、説明していくこと、それが現在生きている私たちの務めではないでしょうか。

母が脳出血で倒れた時、回復は難しいというのが医師の診断でした。しかし、奇跡的に回復し、戦後七〇年以上も昔の朝鮮統治時代の体験を鮮明に今日に伝えています。「自分は誰かに生かされている」と語った母の言葉に何かしら宿命的なものを感じずにはおれません。そして、その「誰か」とは、祖父西見省三であったのかもしれません。「日本の名誉のために語ってくれ。当時を語れるのはもはやお前しかいない」

そんな言葉が聞こえてくるような気がします。

母の体験を通して見えてきたこと、それは統治する側される側の違いはあっても、大方の日本人と朝鮮人は相互の立場を理解し、仲良く共存しようと努力していたことです。当時は決して「酷い時代」ではなかったのです。

母は私に朝鮮のことを非難めいて語ったことは一度もありませんでした。言動は、常に人間としての在り方や教師としての使命感から発せられたものです。木槿の花咲く朝鮮の地や人々を愛していました。それは多分、自身が朝鮮の地で生を受け、両親のやさしさに包まれながら幼年期を過ごしたからかもしれません。つまり母にとって、朝鮮は故郷であり、教師として過ごした日々は、青春そのものだったといえます。

激動期を女教師としての優しさと強《したた》かさを持って凛として生きた母、儒教思想の仁の心で生きた祖父母、それぞれの人生にあらためて敬意を表しこの本を捧げます。

平成二十八年七月　　編者　上野　幹久

引き揚げの母の青春白木槿　幹久